GRAMMAR SHADOWIN

跟讀學日檢文法

JLPT N2

全音檔下載導向頁面

https://www.globalv.com.tw/mp3-download-9789864544417/

掃描QR碼進入網頁（須先註冊並保持登入）後，按「全書音檔下載請按此」，可一次性下載音檔壓縮檔，或點選檔名線上播放。
全MP3一次下載為zip壓縮檔，部分智慧型手機須先安裝解壓縮app方可開啟，iOS系統請升級至iOS 13以上。
此為大型檔案，建議使用WIFI連線下載，以免佔用流量，並請確認連線狀況，以利下載順暢。

本書の特色と使い方
本書的特色與使用說明

文法解釋

　　簡單明瞭的說明本單元介紹的句型的意義，解釋該句型是在什麼情況下被使用，以及表達的是什麼意思。

常見句型

　　介紹該句型與其他詞彙是如何搭配來使用的。通常意思不會有大變化，但搭配名詞使用的時候，可能會需要比搭配動詞的時候多加幾個助詞；諸如此類須多加注意的地方，這邊都會解釋出來。

短句跟讀練習

　　常見句型所介紹的句型用法，會在這裡實地演練給您看。從這裡開始會提供兩種音檔供您跟讀訓練，QR 碼位於每單元的第二頁右上角，用手機一掃馬上就可以聽。

　　尚未熟悉跟讀法的人，可以先使用較慢的「S」音檔，是並列的兩個 QR 碼的左邊的那一個，邊看課本上的例句，邊跟著音檔慢慢練習跟讀。

進階跟讀挑戰

　　每個單元的最後都會附上一篇文章，可以在這裡看到句型實際出現在文章之內時會是怎麼樣子，對練習日檢的閱讀測驗和聽力測驗都有幫助。

　　一樣附有慢速、正常速兩種音檔，讀者可以先聽音檔講過一遍，再暫停音檔自己重新念過一遍，然後再嘗試跟著音檔一起念。

目錄

N2 必須的基本文法知識

- 日檢常見難讀單字詞彙 —————————————————— 10
  - 難讀漢字 ———————————————————————— 10
  - 外來語 —————————————————————————— 13
- 日檢常見擬聲語・擬態語詞彙 ————————————— 15

N2 必考文法 110

1. 〜あげく　最終結果是〜 ——————————————— 28
2. あまりに（も）〜　太〜 ——————————————— 30
3. 一向に〜ない　一點也不〜 —————————————— 32
4. 〜上で（は）　在〜之上・根據 ———————————— 34
5. 今でこそ〜が　現在是〜 ——————————————— 36
6. 今にも〜そうだ　眼看就要〜，即將要〜 ——————— 38
7. 〜得る　可能〜 ———————————————————— 40
8. 〜折に　在〜之際，有時〜 —————————————— 42
9. 〜かいがあって／かいもなく　有價值〜，值得〜 —— 44
10. 〜か〜ないかのうちに　剛〜還沒〜就〜 ——————— 46

隨堂考① ———————————————————————— 48

11. 〜かけ／かけの／かける　做到一半的〜，快要〜 —— 50
12. 〜かと言うと／かと言えば　要說〜的話〜 —————— 52
13. 〜かと思いきや／かと思ったら／かと思えば　原以為〜卻〜 —— 54

14. ～から～にわたって／にわたり／にわたる／にわたった　從～到～，涉及～ —— 56
15. ～からいいようなものの／からいいものの／からよかったものの　雖然因為～還好～ —— 58
16. ～からこそ　正因為～ —— 60
17. ～からといって／からって／からとて　不能因為～就～ —— 62
18. ～からには　既然～ —— 64
19. ～かねない　有可能會～ —— 66
20. ～かねる　難以～ —— 68

随堂考② —— 70

21. ～限り／の限り　竭盡～ —— 72
22. ～限り／限りで／限りでは／限りだと　根據～所知～ —— 74
23. 限りなく～に近い　幾乎等同於～ —— 76
24. 必ずしも～とは限らない／必ずしも～わけではない　不一定～ —— 78
25. ～甲斐　做～的價值 —— 80
26. ～きり／っきり　自從～之後就～ —— 82
27. ～げ　看起來～ —— 84
28. ～ことか／ことだろう／ことだろうか　多麼～啊 —— 86
29. ～ことから　因為～ —— 88
30. ～ことだろう／ことでしょう　應該會～ —— 90

随堂考③ —— 92

31. ～ことにしている　決定要～ —— 94
32. ～ことにはならない　並不代表～ —— 96
33. ～こなす　熟練地～ —— 98
34. ～されるまま／されるがままに　任由～ —— 100
35. ～ざるを得ない　不得不～ —— 102
36. ～次第　根據～ —— 104
37. ～ずにはいられない／ないではいられない　不得不～ —— 106
38. ～済み　已經～ —— 108
39. ～たいだけ～　想要～的盡量 —— 110
40. ～たいばかりに／が欲しいばかりに　就是因為想～ —— 112

5

隨堂考④ — 114
41. ～たて／たての　剛～ — 116
42. ～た末（に）　～的結果 — 118
43. ～たところが　～之後結果卻～ — 120
44. ～たまま／たままに／たままを　維持～的狀態 — 122
45. ～たものだ　曾經～ — 124
46. ～だけに　正因為～才～ — 126
47. ～だけ～て　盡可能～ — 128
48. ～だけあって　正因為～ — 130
49. ～だけの　價值～的 — 132
50. ～だけのことだ　只是～而已 — 134

隨堂考⑤ — 136
51. ～だけのことはある　不愧是～ — 138
52. ～ついでに　順便～ — 140
53. ～っこない　絕不可能～ — 142
54. ～つつ　一邊～一邊～ — 144
55. ～つつ（も）　雖然～卻～ — 146
56. ～つつある　正在～ — 148
57. ～っぽい　感覺像～ — 150
58. ～つもりで　打算～ — 152
59. ～つもりで　就當作是～ — 154
60. ～てからでないと　不～就無法～ — 156

隨堂考⑥ — 158
61. ～てしまいそうだ　好像快要～ — 160
62. ～てでも　即使～也要～ — 162
63. ～ての　～之後的～ — 164
64. ～てばかりはいられない　不能光～ — 166
65. ～ても～ても（～ない）　無論～都不～ — 168
66. ～てもやむを得ない／てもやむを得ない　不得不～ — 170
67. ～である～／～の～　～的 — 172
68. ～でしかない　只不過是～ — 174

6

69. ～でもしたら　如果真的～的話 —————————————— 176
70. ～と～ない　只要～就不～ ———————————————— 177

隨堂考⑦ ———————————————————————————— 180

71. ～というのは　所謂～ ——————————————————— 182
72. ～というものだ　這就是～ ————————————————— 184
73. ～というものではない／というものでもない　並非～ ————— 187
74. ～というより／～というよりむしろ　與其說是～不如說是～ —— 190
75. ～といわず～といわず　不論～ ——————————————— 193
76. ～とかで　聽說～ ————————————————————— 195
77. ～ところに／ところへ／ところを　正當～時 ————————— 198
78. ～ところだった　差一點就～ ———————————————— 200
79. ～ところを見ると　根據～來看～ —————————————— 202
80. ～としか言いようがない　只能說是～ ———————————— 204

隨堂考⑧ ———————————————————————————— 206

81. ～として／としての／としても　作為～ ——————————— 208
82. ～と見える／に見える　看起來似乎～ ———————————— 210
83. ～と言っても過言ではない　即使說是～也不為過 ——————— 213
84. ～どころか　別說～反而～ ————————————————— 215
85. ～どころではない　不是～的時候 —————————————— 218
86. ～ないことには　不～就不～ ———————————————— 220
87. ～なしに　沒有～就～ ——————————————————— 223
88. ～など～ものか／なんか～ものか／なんて～ものか　怎麼可能～ —— 225
89. ～には～が／ことば～が／と言えば～が　雖說～但～ ———— 227
90. ～にあたって／にあたり／にあたっての　當～的時候 ————— 230

隨堂考⑨ ———————————————————————————— 232

91. ～に応じて　根據～ ———————————————————— 234
92. ～において／においても／における　在～ —————————— 236
93. ～にかかわらず　無論～都～ ———————————————— 238
94. ～にしたがって　隨著～ —————————————————— 240
95. ～にすれば　站在～的立場來說～ —————————————— 242
96. ～にしては　就～來說～ —————————————————— 244
97. ～にしたって　無論～也～ ————————————————— 246

7

98. 〜につき　毎〜 ——————————————————— 248
99. 〜にほかならない／ほかならぬ〜　無非是〜 ——— 250
100. 〜にまでなる　甚至到了〜的地步 ————————— 252

随堂考⑩ ————————————————————————— 254

101. 〜にもかかわらず　儘管〜卻〜 ———————————— 256
102. 〜に違いない　一定是〜 ———————————————— 259
103. 〜に沿って／に沿った　沿著〜 ———————————— 262
104. 〜に加えて／に加え　除了〜之外還〜 ——————— 264
105. 〜に過ぎない　只是〜 ————————————————— 266
106. 〜に基づいて／に基づき／に基づく／に基づいた　根據〜 —— 269
107. 〜に決まっている　一定是〜 ————————————— 271
108. 〜に限り／に限る〜／に限って　A.唯獨〜／B.只限〜 — 274
109. 〜をめぐって／をめぐり／をめぐる　圍繞〜 ———— 278
110. 〜わけではない　並非 ————————————————— 280

随堂考⑪ ————————————————————————— 282

随堂考解答 ———————————————————————— 284

N2
必須的
基本文法知識

日檢常見難讀單字詞彙

● 難讀漢字

	單字	詞意
1.	扱う（あつかう）	使用、操作、處理
2.	合図（あいず）	信號、暗號
3.	荒い（あらい）	激烈的、粗暴的
4.	勢い（いきおい）	氣勢、勢力
5.	売上（うりあげ）	營業額
6.	打ち合わせ（うちあわせ）	討論
7.	為替（かわせ）	匯率
8.	片付ける（かたづける）	整理、收拾
9.	感心（かんしん）	佩服
10.	見当（けんとう）	推測、估計
11.	交代（こうたい）	輪流、輪替
12.	交渉（こうしょう）	談判
13.	画期的（かっきてき）	劃時代的
14.	献立（こんだて）	菜單
15.	気楽（きらく）	自在輕鬆
16.	生地（きじ）	原材料、材質
17.	腰掛け（こしかけ）	凳子
18.	強引（ごういん）	強迫

19.	攫う（さらう）	奪取
20.	下書き（したがき）	草稿
21.	失脚（しっきゃく）	沒落、下台
22.	自慢（じまん）	自傲、得意
23.	素人（しろうと）	外行人
24.	仕様（しよう）	規格
25.	正直（しょうじき）	誠實
26.	進捗（しんちょく）	進度
27.	渋滞（じゅうたい）	停滯、壅塞
28.	進出（しんしゅつ）	向新的領域範圍開展活動
29.	相続（そうぞく）	繼承
30.	大工（だいく）	木工
31.	着工（ちゃっこう）	開工
32.	台本（だいほん）	劇本
33.	手間（てま）	花費時間、金錢
34.	出鱈目（でたらめ）	毫無道理，胡亂說
35.	出稼ぎ（でかせぎ）	出國工作
36.	重宝（ちょうほう）	方便、經常使用
37.	通帳（つうちょう）	存摺
38.	都合（つごう）	方便、情況、理由
39.	問い合わせ（といあわせ）	諮詢
40.	土台（どだい）	基礎

41.	泥棒（どろぼう）	小偷
42.	生意気（なまいき）	傲慢、自大
43.	荷造り（にづくり）	打包
44.	女房（にょうぼう）	妻子
45.	這う（はう）	爬行
46.	皮肉（ひにく）	諷刺
47.	不況（ふきょう）	不景氣
48.	物騒（ぶっそう）	騷動不安
49.	踏切（ふみきり）	平交道
50.	舗装（ほそう）	道路舖設
51.	味方（みかた）	夥伴
52.	見本（みほん）	樣本
53.	見舞い（みまい）	探望
54.	見出し（みだし）	目錄、次標題
55.	無地（むじ）	素色、無花色
56.	留守（るす）	外出、不在
57.	理屈（りくつ）	道理、理由
58.	油断（ゆだん）	疏忽大意
59.	割合（わりあい）	比例
60.	割引き（わりびき）	折扣

● 外來語

	外來語	詞意
1.	アカウント	帳戶
2.	アナウンサー	主播、廣播員
3.	インタビュー	採訪
4.	エチケット	禮儀
5.	オーケストラ	管弦樂團
6.	カンニング	作弊
7.	キャンセル	取消
8.	キャンパス	校園
9.	クレーム	客訴、訴求
10.	グラフ	圖表
11.	クライアント	客戶
12.	コード	密碼
13.	コミュニケーション	溝通、交流
14.	コンセント	電源插座
15.	コンサート	音樂會、演唱會
16.	コンクール	競賽
17.	コメント	評語
18.	スケジュール	行程、日程規劃
19.	サラリーマン	上班族
20.	サンプル	樣品

13

21.	シーズン	季節、季
22.	セロテープ	透明膠帶
23.	テーマ	標題、主題
24.	チケット	票券
25.	デザイン	設計
26.	デモ	示威運動
27.	ドライブ	駕駛
28.	トラブル	麻煩、糾紛
29.	レシート	收據
30.	バルコニー	露天陽台
31.	バーゲン	減價
32.	ビザ	簽證
33.	ベテラン	老手、經驗豐富的前輩
34.	ベランダ	陽台
35.	ホーム	月台
36.	マスコミ	媒體
37.	マンション	公寓
38.	メンタル	心理、精神
39.	ロッカー	置物櫃
40.	リズム	旋律

◆ 日檢常見擬聲語・擬態語

❖ あっさり
形容口味清淡，不油膩的樣子。

あっさりした鶏(とり)スープに、貝(かい)の旨味(うまみ)が加(くわ)わっている。
清爽的雞湯中加入了貝類的鮮味。

❖ いらいら
心情焦躁不安，不耐煩的樣子。

注文(ちゅうもん)してから30分(ぷん)も待(ま)たされているから、いらいらしてきた。
因為點完餐後已經等了30分鐘，開始感到煩躁了起來。

❖ うっかり
形容精神不集中，沒注意到而不小心做了～的樣子。

子供(こども)の迎(むか)えをうっかり忘(わす)れてしまった。
不小心忘記要去接孩子。

❖ うろうろ
沒有目的地到處打轉，徘徊的樣子。

幼稚園(ようちえん)の周辺(しゅうへん)であやしい男(おとこ)がうろうろしていたので、安全(あんぜん)のため職員(しょくいん)が警察(けいさつ)に通報(つうほう)しました。
由於有可疑男子在幼稚園附近徘徊，為了安全起見，職員向警察報案了。

❖ **うんざり**

無法忍受，打從心底厭煩的樣子。

宿題が多すぎて、もううんざりだ。

作業太多，我已經受夠了。

❖ **かあかあ**

形容烏鴉的叫聲。

ごみ置き場の近くで、カラスがかあかあと飛び回っていた。

在垃圾棄置場的附近，烏鴉嘎嘎地叫著邊到處飛來飛去。

❖ **かさかさ**

形容水分不足，乾燥粗糙的樣子。

冬になると手がかさかさになる。

每到冬天，手就會變得很乾燥。

❖ **きらきら**

閃閃發光的樣子。

海の水面が日射しを受けて、きらきらと輝いていた。

陽光照射在海面上，閃閃發著光。

❖ **ぎりぎり**

幾乎達到極限，將近沒有餘裕的樣子。

寝坊して慌ててタクシーに乗り、ぎりぎりで会社に着きました。

睡過頭慌慌張張地搭上計程車，勉強趕到了公司。

- ❖ **ぐっすり**

  熟睡的樣子。

  彼女がぐっすりと寝ている顔を見ると、幸せを感じる

  看到女朋友睡得香甜的臉龐，讓我感到幸福。

- ❖ **けろけろ**

  形容青蛙的叫聲。

  夏の夜の田んぼでカエルがけろけろと鳴いていた。

  夏夜的水田裡，青蛙呱呱呱地叫著。

- ❖ **こってり**

  形容味道油膩、濃郁的樣子。

  こってりラーメンと思いきや、たっぷりの野菜と柚子の香りで予想以上に食べやすく、結局スープまで飲み干してしまった。

  原以為是濃厚的拉麵，沒想到因為加了大量蔬菜和柚子的香氣，意外地容易入口，結果連湯都喝得一乾二淨。

- ❖ **すかすか**

  形容物體內或某個範圍內的空間有很多空隙的樣子。

  冷蔵庫がすかすかだったので、食材の買い出しにスーパーへ行った。

  因為冰箱裡空蕩蕩的，所以為了採買食材去了超市。

❖ **ざあざあ**

下大雨的聲音。

朝_{あさ}から雨_{あめ}がざあざあと降_ふり続_{つづ}いている。

從早上就一直下著嘩啦嘩啦的傾盆大雨

❖ **さくさく**

形容切蔬菜的清脆聲或咬食物的酥脆聲或口感的樣子。

揚_あげたてのとんかつは、サクサクの衣_{ころも}にジューシーな中_{なか}身_み、しっかりしたボリュームもあって、本当_{ほんとう}においしかったです。

剛炸好的豬排，酥脆的麵衣搭配上多汁的內層，扎實並有份量感，真的是很好吃。

❖ **じっと**

形容一動不動地盯著看。

誰_{だれ}かにじっと見_みられている気_きがする。

總覺得好像被誰盯著看。

❖ **しとしと**

毛毛細雨或雨輕輕地下的樣子和聲音。

しとしとと降_ふる雨_{あめ}の中、傘_{かさ}もささずに静_{しず}かに歩_{ある}く時間_{じかん}が好_すきだ。

我喜歡在濛濛細雨中，連傘都不撐靜靜地漫步的時光。

- ❖ **しみじみ**

    形容內心由衷的感觸。

    若い同僚の話を聞いていると、世代の違いをしみじみと感じる。

    聽到年輕同事的話時，我深切感受到世代的不同。

- ❖ **シャキシャキ**

    形容蔬菜很新鮮充滿水份，咬起來清脆的樣子和聲音。

    採りたてのシャキシャキとしたレタスを使って、サラダを作りました。

    使用新鮮現摘的爽脆萵苣來做的沙拉。

- ❖ **ぞくぞく**

    形容心情激動或身體發冷的樣子。

    大好きなアーティストと握手した瞬間、感動でぞくぞくしました。

    與最愛的歌手握手的瞬間，感動得身體顫抖。

- ❖ **ぞっと**

    形容因寒冷或恐懼而背脊發涼的樣子。

    このビルでは、深夜零時を過ぎると心霊現象が起こるという噂を聞いて、背筋がぞっとした。

    聽了這棟大樓，一過了深夜零時，就會出現靈異現象的傳聞，令人背脊發涼。

- **つるつる**

  光滑的樣子。

  雪が降った次の日の朝は、道路が凍ってつるつる滑り、よく学校へ行く途中で転んだものだ。

  下玩雪的隔日早晨,路上結冰變得滑溜溜的,經常在去學校的路上滑倒呢。

- **どきどき**

  形容因緊張、興奮、期待等心情而心跳加速的樣子。

  勇気を出して彼に声をかけた瞬間の、どきどきした気持ちを今でも覚えている。

  我至今仍記得鼓起勇氣向他搭話的瞬間,心裡撲通撲通跳的心情。

- **にこにこ**

  微笑,笑咪咪的樣子。

  彼はいつもにこにこした顔をしていて、優しそうな感じがする。

  他總是臉上帶著微笑,感覺看起來很溫柔的樣子。

- **にやにや**

  不發出聲音地冷笑的樣子。

  あの人は一人で何かを考えて、急ににやにや笑っていました。なんだか怖いですね。

  那人不知道一個人在想著什麼,突然就竊笑起來。總覺得很恐怖對吧。

❖ にゃあにゃあ

形容貓咪的叫聲。

うちの猫がにゃあにゃあと鳴いて甘えてきた。

我家的貓喵喵喵地叫著向我撒嬌。

❖ のこのこ

形容不在意周遭，毫不介意、若無其事出現的樣子。

一晩、畑のそばに隠れて待っていたら、キャベツ泥棒がのこのこと現れた。

躲在田地旁邊等了一整晚之後，高麗菜小偷若無其事地出現了。

❖ のろのろ

動作緩慢的樣子。

うちの子は、週末になるとお昼過ぎになって、やっとのろのろと起きてくる。

我家的孩子，一到週末就過了中午才終於慢吞吞地起床。

❖ のんびり

悠閒愜意，身心輕鬆的樣子。

週末は家族と自然の中でのんびり過ごしたい。

週末想和家人在大自然中悠閒地度過。

❖ ねばねば

有黏性，容易沾黏的樣子。

ねばねばした食べ物は体にいいと言われているが、私は少し苦手だ。

黏黏滑滑的食物被認為對身體有益處，但我有點不擅長吃這類食物。

❖ **ぱくぱく**

形容吃東西時，張大嘴巴開合地大口吃的樣子。

野菜が苦手な子供でも美味しそうにぱくぱく食べてくれるレシピをご紹介します。

我們將介紹不擅長吃蔬菜的孩子也能美味地大口大口吃的食譜。

❖ **ばらばら**

形容凌亂分散的樣子或顆粒狀物體散亂地落下的聲音或樣子。

会議では、みんながばらばらの意見を出して、なかなか決まらなかった。

會議上，大家提出參差不同的意見，怎麼也無法定案。

❖ **ぴかっと**

一瞬間強烈閃爍的光。

空がぴかっと光って、すぐに雷の音が鳴り響いた。

天空啪地閃了一道光之後，馬上就響起雷聲。

❖ **ぴかぴか**

物體發出光澤，閃爍光芒的樣子。

潔癖症の母は、ちり一つも許さず、毎日家中をぴかぴかに

磨いている。

有潔癖的媽媽連一點灰塵都不容許，每天把家裡擦得閃閃發光。

❖ ひそひそ

形容不讓別人知道，悄聲說話的樣子。

彼らは給湯室で、オフィスの噂話をひそひそと話している。

他們在茶水間悄悄地說著辦公室的八卦。

❖ ひりひり

皮膚表面或吃到辛辣料理舌頭受到刺激而輕微灼熱刺痛的樣子。

冬になると乾燥で肌がひりひりしてつらいです。

一到冬天就因為乾燥而皮膚刺痛得很不舒服。

❖ ひゅうひゅう

風強勁地吹的樣子。

窓のすき間からひゅうひゅうと風が入り込む。

從窗戶的縫隙，風呼呼地吹進來。

❖ ふわふわ

柔軟蓬鬆的樣子。

干した布団はふわふわで、ほのかにお日さまの匂いが漂っている。

曬乾的棉被膨鬆柔軟，飄散著若有似無的太陽香氣。

❖ **ぶつぶつ**

嘀嘀咕咕地抱怨，嘟囔著的樣子。

彼はぶつぶつと文句を言いながら、外に出た。

他一邊嘀咕碎念著抱怨，一邊走出去。

❖ **ふらふら**

站不穩，身體搖搖晃晃的樣子。

寝不足で1キロ走ったら、目の前が真っ白になり、体がふらふらになった。

睡眠不足跑了1公里之後，眼前一片空白，身體也變得搖搖晃晃的。

❖ **ぶるぶる**

形容因寒冷或害怕而身體顫抖的樣子。

雨の日、濡れた猫が屋根の下でぶるぶると体を震わせた。

雨天裡，濕透的貓在屋簷下冷得身體打哆嗦。

❖ **ぺこぺこ**

肚子非常餓的樣子。

朝から何も食べず、昼休みまで忙しかったので、もうお腹がぺこぺこです。

早上開始就什麼都沒吃，一直忙到午休，所以肚子已經餓得咕嚕咕嚕叫。

❖ **ぺらぺら**

外語說得流利的樣子。

彼女は日本語だけでなく、フランス語もぺらぺらに話せます。

她不只是日文，也能流利地說法文。

- **ほかほか**

  熱騰騰、很好吃的樣子。

  冬の日に友達と公園で食べた焼き立てでほかほかのさつまいもは、本当に最高に美味しかった。

  冬日裡與朋友在公園吃著剛烤好還熱騰騰的地瓜，真的是好吃到極點了。

- **ぽかぽか**

  舒服、溫暖的樣子。

  小春日和のぽかぽかした日差しが心地よいです。

  初冬如春暖般的天氣，暖洋洋的陽光讓人覺得很舒服。

- **ぽつぽつ**

  雨滴稀稀落落地下的樣子和聲音。

  雨がぽつぽつと降り始めた。

  雨開始滴滴答答地下了起來。

- **ほっと**

  形容放心、安心而鬆口氣的樣子。

  地震の後、やっと連絡が取れた息子の声を聞いた途端、母はほっと安心した。

  地震過後，一聽到好不容易聯絡上的兒子聲音，媽媽安心地鬆口氣。

❖ **ぼろぼろ**

形容物品破舊的樣子或身心疲憊的樣子

残業続きで身も心もぼろぼろになってしまった。

因為連續加班而變得身心俱疲。

❖ **ゆっくり**

慢慢地動作,時間充裕的樣子。

そんなに急がないで、ゆっくり食べて、しっかり噛んでね。

不要那麼急,慢慢地吃,要細細地咀嚼啃。

❖ **わくわく**

對開心和期待的事物而興奮和激動,靜不下心的樣子。

初めてディズニーランドに行くので、朝からずっとわくわくしている。

因為第一次去迪士尼樂園,我從早上開始就一直心情雀躍。

❖ **わんわん**

形容狗的叫聲。

隣の家の大型犬が、人を見るたびにわんわんと吠える。

鄰居家的大型犬,每當看到人就汪汪地吠叫。

N2
必考文法110

01 あげく
最終結果是～

◆ 文法解釋

表示做了許多努力，但最終仍是令人遺憾的結果或不完美的結果。帶有後悔等負面情緒，經常與「色々（各種）」、「さんざん（徹底）」、「長い時間（長時間）」等一起使用。

◆ 常見句型

❶ 動詞（た形）＋あげく

表示持續某動作或狀態後，最終獲得不好的結果。以「AあげくB」的形式，表示歷經長時間各種曲折努力的A後，最終產生令人感到遺憾或不盡人意的結果B。

❷ 名詞の＋あげく

名詞版本，需要在名詞後加上「の」。

◆ 短句跟讀練習

❶ 動詞（た形）＋あげく

彼女は長時間悩んだあげく、結局大手企業の仕事を辞める決断をした。

她煩惱許久後，最終決心辭掉大型企業的工作。

人気の肉まん屋で長い行列の最後尾に並んだあげく、売り切れで買えなかった。
在人氣肉包店，我排了很長的隊，結果因為賣完了沒能買到。

喧嘩を繰り返したあげく、彼女と離婚することにした。
在經過反覆爭吵後，我決定與她離婚。

❷ 名詞の＋あげく

長い間の交渉のあげく、合意に達することができず、今回の取引は白紙に戻る結果となった。
經過長時間的談判後，最終無法達成共識，這次的交易結果回到了原點。

◆ 進階跟讀挑戰

あの公共工事は、たくさんの税金を使ったあげく、工事が終わるまで何年もかかった。最初は便利になると期待していたのに、工事の音がうるさかったり、道が通れなかったりして、不便なことも多かったね。便利になるどころか、住民にとっては負担の方が大きかったかもしれない。

　　那項公共工程耗費了巨額稅金，結果卻花了好幾年才完工。雖然剛開始還期待著變得方便，但工程的噪音吵雜，道路也無法通行，反而有許多不便的地方。別說變得方便了，反而對居民來說可能帶來了更大的負擔。

02 あまりに（も）〜
太〜

◆ 文法解釋

接續形容詞或動詞，用於強調某件事物的程度，超過一般常識。後項常接續「すぎる」，另外，也經常與「ので」、「から」一起搭配使用，表示由於某件事物的程度過甚而導致的必然結果。「あまりにも」表示更加強調，帶有更強烈的語感。

◆ 常見句型

❶ あまりに（も）＋イ形容詞／ナ形容詞

一般搭配形容詞使用，表示所形容的事物程度超出一般範圍，「太〜」。

❷ あまりに（も）＋動詞

動詞版本。

◆ 短句跟讀練習

❶ あまりに（も）＋イ形容詞／ナ形容詞

あまりにまずくて、今でもあの料理を食べた時の食感を覚えている。

因為太難吃，我到現在都記得吃那道料理時的口感。

彼女の作品はあまりにも美しすぎて、まるで中に吸い込まれるような錯覚にとらわれる。
她的作品太過於美麗，而讓人陷入彷彿要被帶入其中的錯覺。

あまりにも静かなので、逆に落ち着かなくなってしまった。
因為太過安靜，反而焦躁不安。

❷ あまりに（も）＋動詞

あまりに驚いたから、彼は呆然として言葉を失った。
因為太過驚訝，他驚愕得說不出話來。

◆ 進階跟讀挑戰

最近、毎日のように小さな宝くじが当たっている。最初はうれしかったけど、あまりにも幸運なことが起こり続けるので、逆に怖い。こんなに運がいいと、この後何か悪いことが起こるんじゃないかと不安になる。運はバランスが大事だと言われているから、これから少し気をつけたほうがいいかもしれない。でも、せっかくの幸運だから、それを楽しむのも大事だね。

　　最近，幾乎每天都會中小獎。剛開始雖然很開心，但因為過於幸運的事情不斷發生，反而感到害怕。開始擔心要是一直這麼好運氣，之後該不會發生什麼倒楣事吧？大家都說運勢的平衡很重要，所以今後可能要稍微注意一點比較好。不過，因為是難得的幸運，好好享受也是很重要的呢。

03 一向に〜ない
一點也不〜

◆ 文法解釋

意思同「全然〜ない」，但用於表示雖然付出努力並期待某件事態的發生、實現，結果卻不如預期。含有焦躁、疑惑的語感。

◆ 常見句型

- **一向に＋動詞（否定形）**

　表示期待某件事情的發生而不斷努力，但仍未實現，強調否定，後項須搭配否定型使用。

◆ 短句跟讀練習

- **一向に＋動詞（否定形）**

このプロジェクトは、いくら検討しても、一向に進展しないどころか、問題ばかり増えているようだ。
這項專案，不論怎麼檢討，別說是完全沒有進展了，反而問題不斷增加的樣子。

雨が降り続いていて、一向に止む気配がない。
雨不停地下，一點也沒有要停的跡象。

この計画書が一向に承認されないため、進捗が大幅に遅れることを懸念している。
這份計畫書絲毫沒有獲得批准的跡象，我擔心進度大幅延遲。

プレゼンテーションのスキルを練習しているのに一向に上達しない。

雖然練習了簡報的技巧，但卻絲毫沒有進步。

◆ 進階跟讀挑戰

　ネットで注文した商品が届くのを楽しみにしていた。しかし、予定の日になっても一向に届かない。配達状況を確認すると「発送済み」となっているが、なぜかまだ届いていない。不安になって問い合わせてみると、「もう少しお待ちください」と言われた。その言葉を聞いて、楽しみにしていた分だけに、余計に不安になってしまった。便利さを求めてネットで注文したのに、思い通りにいかず、がっかりしてしまった。

　我期待著網路上訂購的商品的送達，但是到了預定送達日卻完全沒有收到。當我確認配送狀況時，顯示為已配送完成，但卻不知為何仍未收到。覺得不安而試著詢問後，卻被告知「請再稍微等待」。聽到那句話之後，正因為原本很期待，所以變得更加的不安。明明是追求便利性而在網路訂購，結果卻不如預期，而讓人感到失望。

04 ～上で（は）
在～之上，根據

◆ 文法解釋

表示從某個信息或觀點來判斷某件事情。「～上で（は）」的「は」可以省略。

◆ 常見句型

- **名詞＋の＋上で（は）**
  接續表示數據、圖面、理論等的名詞，表示根據～資訊的意思。

◆ 短句跟讀練習

- **名詞＋の＋上で（は）**

  地図の上では近いかもしれないが、実際に行くと時間がかかる。
  從地圖上看或許可能很近，但實際走的話要花很多時間。

  暦の上では、日本人学校の新学期の始まりは台湾の学校とは異なっている。
  根據日曆來看，日本人學校新學期開始的日期與台灣學校不同。

  あの二人、法律の上では夫婦ではないが、長年一緒に暮らしている。
  那兩人雖然在法律層面上不是夫妻，但長年來一直一起生活。

図面の上では十分なスペースがあるように見えたが、実際には現場での寸法が少し違っていた。

雖然從圖面上來看似乎有充足的空間，但實際上和現場的尺寸有些微的出入。

◆ 進階跟讀挑戰

今月のマーケティングレポートによると、データの上では顧客満足度は高いものの、販売後のリピート率が低下していることが分かりました。特に問題となっているのは、アフターサービス対応の遅れです。このままの状態が続くと、長期的には売上にも悪影響を及ぼす可能性が高いため、改善策の早急な立案と実行が必要です。

根據本月的市場銷售報告，從數據層面上來看雖然顧客滿意度很高，但我們發現售出後的回購率卻不斷下降。尤其成為問題的是，售後服務的應對遲緩。若是這樣的狀態持續下去，以長期而言，極有可能對銷售額帶來負面影響，因此，必須儘早制定並實行改善策略。

05 今でこそ～が
現在是～

◆ 文法解釋

用於描述過去與現在有很大差異的情境時。表示某件現在理所當然的事情，但過去並非如此。

◆ 常見句型

❶ 今でこそ＋動詞／イ形容詞（普通形）＋が

表達現在與過去的狀態差異。以「今でこそ～Aが～B」的形式，「今でこそ」接續描述現在的情況A，接著在後項描述過去的情況B。後項一般為在過去所沒有的事或與前項相反的事。

❷ 今でこそ＋名詞／ナ形容詞 ＋ だが

名詞及ナ形容詞版本，接續為「だが」。

◆ 短句跟讀練習

❶ 今でこそ＋動詞／イ形容詞（普通形）＋が

今でこそ笑い話にできるが、あの時は本当に大変だった。
別看我現在可以當作笑話來說，當時真的是非常辛苦。

あの子と姉とは今でこそ仲がいいが、昔は本当に顔を合わせるたびに喧嘩ばかりしていた。
現在那孩子與姊姊感情很好，但以前可是一見面就總是吵架。

❷ 今(いま)でこそ＋名詞／ナ形容詞 + だが

　Ａ社(しゃ)は今(いま)でこそゲームで世界的(せかいてき)に有名(ゆうめい)だが、創業当時(そうぎょうとうじ)は主(おも)におもちゃの製造(せいぞう)を行(おこな)っていた。

別看A公司現在是以遊戲而世界聞名，但公司成立之初主要是以玩具製造為主。

　今(いま)でこそ当(あ)たり前(まえ)のことだが、昔(むかし)は考(かんが)えられなかった。

雖然現今已是理所當然的事，但在從前是難以想像的。

◆ 進階跟讀挑戰

　今(いま)でこそ高級(こうきゅう)な食材(しょくざい)として扱(あつか)われるウニだが、昔(むかし)はそうではなかった。海岸(かいがん)にたくさんあったため、かつてはあまり人気(にんき)のない食(た)べ物(もの)だった時期(じき)もあったらしい。しかし、寿司文化(すしぶんか)の発展(はってん)とともに、ウニの甘(あま)みやとろける食感(しょっかん)が注目(ちゅうもく)され、高級寿司店(こうきゅうすしてん)で提供(ていきょう)されるようになった。今(いま)では、一口食(ひとくちた)べるだけでも贅沢(ぜいたく)な気分(きぶん)になれる食材(しょくざい)だ。

　如今海膽雖然被視為高級食材來對待，但在過去並非如此。因為從前在海岸邊到處都有，據說過去也曾有過一段是不太受歡迎食物的時期。但是，隨著壽司文化的發展，海膽的鮮甜味和滑順的口感受到關注，而開始在高級壽司店中提供。如今，是只要吃一口也足以感受到奢華的食材。

06 今(いま)にも〜そうだ
眼看就要〜，即將要〜

◆ 文法解釋

表示某種事態即將發生。

◆ 常見句型

- **今(いま)にも ＋（動詞ます形去ます）＋ そうだ**

  用於急迫狀態下，表示好像馬上就要發生某事或某種變化。

◆ 短句跟讀練習

- **今(いま)にも ＋（動詞ます形去ます）＋ そうだ**

  天井(てんじょう)まで積(つ)み上(あ)げた本(ほん)が今(いま)にも崩(くず)れそうだ。
  堆放到天花板的書，看起來隨時會倒塌。

  その作品(さくひん)は、今(いま)にも動(うご)き出(だ)しそうな生命力(せいめいりょく)にあふれ、見(み)る者(もの)を圧倒(あっとう)する存在感(そんざいかん)を放(はな)っている。
  那件作品，充滿著彷彿會隨時動起來的生命力，散發出震驚參觀者的壓倒性存在感。

  今(いま)にも泣(な)き出(だ)しそうな空(そら)を見上(みあ)げながら、彼(かれ)の寂(さび)しげな背中(せなか)を見送(みおく)った。
  一邊仰頭望著泫然欲泣的天空，一邊目送他那一副寂寞樣子的背影。

火の勢いが強くなり、今にも隣の家に燃え移りそうだ。

火勢越來越大，馬上就要延燒到隔壁的房子了。

◆ 進階跟讀挑戰

　静かな村には、美しい古い教会がある。私はそこで写真を撮っていたが、急に風が強くなり、今にも嵐になりそうな雰囲気に包まれた。空は黒い雲に覆われ、教会の鐘の音が風に乗って響いてくる。まるで映画のワンシーンのようだ。嵐の前のこの特別な静けさが、村の魅力をさらに引き立てているように感じた。

　在靜謐的村莊裡有一座美麗又古老的教堂。當我在那裡拍著照時，突然間風變得強勁，被彷彿即將就要暴風雨來臨的氣氛所壟罩。天空被烏雲覆蓋，教堂的鐘聲乘著風而傳來。彷彿就像是電影中的一幕場景。暴風雨前的這個獨有的寧靜，令人感覺更加襯托出了這個村莊的魅力。

07 ～得る
可能～

◆ 文法解釋

　　用於表示能夠採取這種行為或有發生這種事情的可能性，為書面用語，基本上是比較生硬的表現方式，但「あり得る／あり得ない」日常口語中也經常使用。辭書形時有「うる」、「える」兩種讀音都可以使用，但要注意不是辭書形的時候只會念「え」，像是否定形的「得ない」。

◆ 常見句型

❶ 動詞（動詞ます形去ます）+ 得る

　　以「A得る」的形式，表示能夠採取動詞A行為或有發生A的可能性。不使用於單純表達技術或能力上的可能性。

❷ 動詞（動詞ます形去ます）+ 得ない

　　否定版本，表示不能採取動詞A行為或沒有發生A的可能性。

◆ 短句跟讀練習

❶ 動詞（動詞ます形去ます）+ 得る

バブル経済は他国の問題だと思われがちだが、我が国でも起こり得ることだ。

雖然泡沫經濟容易被認為是其他國家才有的問題，但在我們國家也是有可能發生。

世の中には、親以外の無償の愛なんて、本当に存在し得るのだろうか？

在這個世界上，除了父母之外，無償的愛真的有可能存在嗎？

彼女の心を取り戻すために、考え得る方法は全て試してみたので、どんな結果でも後悔はありません。

為了挽回她的心，已經嘗試過所有能想得到的方法，因此不論結果如何，我都不會後悔。

❷ 動詞（動詞ます形去ます）＋得ない

この世に、自分と完璧にそっくりな人など存在し得ない。

這個世界上不可能有與自己完全相同的人存在。

◆ 進階跟讀挑戰

昔から同じ夢を何度も見ていた。まったく知らない場所なのに、道も建物もはっきり覚えている。そんな場所が現実に存在するはずがない。あり得ないと思っていたが、旅行中にそっくりな場所を見つけた。不思議な気持ちになり、まるで前世で訪れたことがあるような感覚に陥った。それは偶然かもしれないが、なぜか運命のようにも思えた。

從以前開始我就不斷夢見相同的夢境。明明是完全不認識的地方，但不論是道路還是建築物卻都清楚地記得。那樣的地方不可能存在於現實之中。雖然我一直認為是不可能的，但在旅行中卻遇見了一模一樣的地方。令我產生了不可思議的心情，陷入了一種彷彿曾在前世造訪過的感覺。也是那只是偶然，然而我卻總覺得像是命運一般。

08 〜折に

在〜之際，有時〜

◆ 文法解釋

表示某個時候或時機。與「〜ときに」相比，更鄭重的用法，多用於商業或書信等正式場合，因此經常搭配敬語使用。

◆ 常見句型

❶ 動詞（辭書形／た形）＋折に

表示動作的時間點。以「A折にB」的形式，表示在動作A的時點，進行後項B的事情，後項B通常不使用於消極、負面的事物。另外，句子的結尾不能使用表示禁止、命令、義務的表現。

❷ 名詞の＋折に

名詞版本，需要在名詞後加上「の」。

◆ 短句跟讀練習

❶ 動詞（辭書形／た形）＋折に

イギリスを訪れた折に、彼氏の家族と一緒に食事をしました。

造訪英國時，與男朋友的家人一起吃飯。

その件の引き継ぎについて、来週、お目にかかる折に、ご報告させていただきます。

關於那件事情的後續，下週見面的時候，請讓我向您報告。

❷ 名詞の + 折(おり)に

来日(らいにち)の折(おり)には、ぜひお気軽(きがる)にお越(こ)しください。
來日本的時候，請務必不要客氣歡迎隨時光臨。

卒業(そつぎょう)の折(おり)に、日頃(ひごろ)お世話(せわ)になった先生方(せんせいがた)に、感謝(かんしゃ)の気持(きも)ちを込(こ)めた贈(おく)り物(もの)を渡(わた)しました。
畢業的時候，我向平時承蒙諸多關照的老師們，致贈了滿懷感激之情的禮物。

◆ 進階跟讀挑戰

数年前(すうねんまえ)に仕事(しごと)で大阪(おおさか)を訪(おとず)れた折(おり)に、学生時代(がくせいじだい)の友人(ゆうじん)と久(ひさ)しぶりに再会(さいかい)した。互(たが)いに忙(いそが)しく、なかなか連絡(れんらく)を取(と)る機会(きかい)もなかったが、そのときは昔話(むかしばなし)に花(はな)が咲(さ)き、時間(じかん)を忘(わす)れて語(かた)り合(あ)った。たった数時間(すうじかん)だったが、かけがえのない思(おも)い出(で)となった。偶然(ぐうぜん)のようで、どこか必然(ひつぜん)だったようにも思(おも)える、不思議(ふしぎ)な時間(じかん)だった。

幾年前因工作造訪大阪的時候，與許久未見的學生時期的朋友們再次相見。我們彼此都很忙碌，也幾乎沒有機會聯繫，但那時候我們談起往事，越聊越起勁，甚至忘了時間。雖然只有短短幾小時，卻成了無可替代的回憶。那是一段彷彿看似偶然，卻又總覺得必然般的不可思議時光。

09 〜かいがあって／かいもなく

有〜價值，值得〜

◆ 文法解釋

表示因為某種行為或努力，而獲得與期待相符的效果或回報。「かいもなく」則是表示努力沒有得到回報或效果。

◆ 常見句型

❶ 動詞（た形）＋かいがあって／〜かいもなく

以「Aかいがあって」的形式，接續表示動作的動詞A，表示該行為獲得預期效果或回報。

❷ 名詞＋の＋かいがあって／〜かいもなく

名詞版本，接續表示行為的名詞，需要在名詞後加上「の」。

◆ 短句跟讀練習

❶ 動詞（た形）＋かいがあって／〜かいもなく

毎日ヨーグルトを食べたかいがあって、胃腸の調子がよくなってきました。
每天吃優格有了成效，腸胃的狀態漸漸變好了。

わざわざ新幹線で1時間かけて来たかいがあって、こんなに美味しい豚カツが食べられて嬉しいです。
特地花了1個小時搭新幹線來真是值得，能夠吃到這麼好吃的豬排真是開心。

彼女に教えたかいもなく、いつも同じミスを繰り返しています。
教她真是沒有意義，總是不斷重複犯同樣的錯誤。

❷ 名詞＋の＋かいがあって／～かいもなく

今では歩行器を使わずに、一人で歩けるようになった。リハビリのかいがあったね。
現在可以不使用助行器，能夠開始獨自行走了。復健訓練是有效果的呢。

◆ 進階跟讀挑戰

写真を撮るのが大好きだ。前から欲しかったカメラを買うために、お金をコツコツ貯めていた。そして、ついに目標金額を達成し、夢を叶えた。毎日アルバイトを頑張ったかいがあって、ようやく最高のカメラを手に入れることができた。これからは、このカメラでたくさんの思い出を残していきたい。次の目標は、写真コンテストに挑戦することだ。

我非常喜愛攝影。為了買到從以前就很想要的相機，而一點一點地存著錢。然後，終於達成目標金額，實現了夢想。每天努力打工終於有了回報，總算得以入手超棒的相機。接下來，我想用這台相機留下許多回憶。而我的下一個目標則是挑戰攝影大賽。

10 ～か～ないかのうちに
剛～還沒～就～

◆ 文法解釋

表示一件事情剛發生的瞬間或是否結束還不清楚時，就發生另一件事情。用於強調發生時間的短暫，前項與後項的動作幾乎同時發生。

◆ 常見句型

- 動詞（辭書形／た形）＋か＋動詞ない形＋かのうちに

以「AかAないかのうちにB」的形式，使用同一動詞A，表示動作A才剛發生，就發生後項B的事情。另外，因為是用於實際發生的事情，後項不可接續意志、請求、否定、命令句。

◆ 短句跟讀練習

- 動詞（辭書形／た形）＋か＋動詞ない形＋かのうちに

授業（じゅぎょう）が終（お）わるか終（お）わらないかのうちに、学生（がくせい）たちは教室（きょうしつ）を出（で）て食堂（しょくどう）に殺到（さっとう）した。

剛一下課，學生們就離開教室，蜂擁至學生餐廳。

彼（かれ）が店（みせ）に入（はい）るか入（はい）らないかのうちに、店員（てんいん）が迎（むか）えにきた。

他才剛一進店，店員就迎了上來。

日の出を見るために、私たちは夜が明けるか明けないかのうちに山に登り、頂上で太陽の出現を待った。

為了看日出，我們在天剛微明時就爬上山頂，在山頂等待太陽現身。

映画のエンドロールが流れるか流れないかのうちに、観客は席を立った。

電影的片尾名單才剛開始播放，觀眾就開始起身散場了。

◆ 進階跟讀挑戰

友達との約束に遅れそうだった。電車がホームに入ってくるのが見えたので、急いで駆け込んだ。ドアが開くか開かないかのうちに飛び乗り、ギリギリ間に合った……と思ったら、違う路線の電車だった。結局、次の駅で降りて乗り換えることになり、余計に時間がかかってしまった。慌てると、かえって失敗するものだと、改めて実感した。

與朋友的約會我差點就要遲到了。因為看見電車駛入月台，所以我急匆匆地衝了進去。車門剛打開瞬間就飛奔上車，當我以為勉強趕上了的時候，發現竟然是不同路線的電車。結果只好在下一站轉乘，反而花了更多時間。我再次深刻的體悟到，慌張的話反而會失敗呢。

随堂考①

❶ 請選擇最適合填入空格的文法

1. 彼女はどの色がいいかをさんざん迷った（＿＿＿）、結局何も買わずに店を出た。

    1.の　　　　2.に　　　　3.は　　　　4.あげく

2. 彼に何十通ものメッセージを送っているのに、（＿＿＿）返事が返ってこない。

    1.一向に　　2.一向　　　3.完全　　　4.何の

3. 行列に2時間並んだ（＿＿＿）、限定のフィギュアを買うことができた。

    1.かいがない　2.たら　　3.かい　　　4.かいがあって

4. 彼女は目に涙をためて、今（＿＿＿）泣き出しそうな顔をしている。

    1.は　　　　2.が　　　　3.にも　　　4.だに

5. 入学の（＿＿＿）、多くの方々にお祝いの言葉をいただき、心から感謝しております。

    1.折りで　　2.折か　　　3.のに　　　4.折りに

6. この川は、今でこそ地域を代表するブランド観光地となっている（＿＿＿）、かつてはにおいがきつくて、とても近寄れなかった。

    1.が　　　　2.の　　　　3.に　　　　4.を

7. この仮説には検証すべき疑問点も多く残されているが、一定の説得力を持ち、可能性を否定し（　　　）。

　　1.得る　　　2.得ない　　　3.やむを得ず　　　4.あげく

8. 電話に出る（　　　）出（　　　）、切られてしまいました。

　　1.か、ないか　　　　　　2.か、ないかのうちに
　　3.か、ない　　　　　　　4.か、ないや

❷ 請選擇最適合填入空格的文法

　　半年間、何十社も調べては応募し、面接にも通い続けた①（　　　）、②（　　　）内定を得られず、今にも心が折れ③（　　　）だった。ある企業に本命として応募したが、書類を提出しようとした矢先に締め切られてしまい、応募すらできなかった。ようやく努力の④（　　　）、希望の会社から内定を得ることができたが、それは本当に長い道のりだった。今で⑤（　　　）働く環境にも慣れ、落ち着いて仕事ができているが、当時の自分には、そんな未来など夢にも思えなかった。あの苦しかった日々があったからこそ、今の自分があるのだと実感している。

① 1.あげくに　　2.り　　　　3.あげ　　　4.あげた

② 1.ようやく　　2.一向に　　3.やっと　　4.一方で

③ 1.だの　　　　2.そう　　　3.そうに　　4.ない

④ 1.おかけで　　2.かいがる　3.あって　　4.かいがあって

⑤ 1.の　　　　　2.こそ　　　3.も　　　　4.に

11 ～かけ／かけの／かける
做到一半的～，快要～

◇ 文法解釋

表示某個動作或狀態正進行到一半，尚未完全結束，或某個動作、狀態即將發生，但尚未成為某種狀態的情況。

◇ 常見句型

❶ 動詞（ます形去ます型）＋かけだ／かける

接續意志動詞，表示某個動作做到一半，接續無意志動詞，表示某個狀態剛開始發生或即將發生，但還沒完全發生。

❷ 動詞（ます形去ます型）＋かけの＋名詞

接續「かけの」來修飾名詞，表示進行到一半的～。

◇ 短句跟讀練習

❶ 動詞（ます形去ます型）＋かけだ／かける

取引先(とりひきさき)にメールを書(か)きかけたとき、ちょうど電話(でんわ)がかかってきたので、いったん保存(ほぞん)しました。
正當我給客戶的郵件寫到一半的時候，剛好有來電，所以就先暫時儲存了郵件。

言(い)いかけた言葉(ことば)を飲(の)み込(こ)んで、やっぱり何(なに)も言(い)わなかった。
將想說的話吞了回去，最終還是什麼都沒說。

その猫は事故に遭って死にかけたが、なんとか一命を取りとめた。

那隻貓遭遇意外差點死掉，但總算撿回了一條命。

❷ 動詞（ます形去ます型）＋かけの＋名詞

会議が終わった時間は遅かったが、やりかけの仕事が残っていたので、会社に戻った。

會議結束的時間雖然很晚了，但因為還有沒做完的工作，所以又回到了公司。

彼女は飲みかけのコーヒーをそのまま置いて、出かけてしまった。 她將沒喝完的咖啡就那樣放著，然後出門了。

◆ 進階跟讀挑戰

夏は食材が傷みやすい季節だ。昨日買った肉を使おうと思って切ってみたら、変なにおいがした。見た目は普通でも、腐りかけているから食べない方がいい。冷蔵庫に入れていたのに、温度が高かったのかもしれない。夏は特に保存方法に注意が必要だ。少しの油断で体調を崩すことがあるので、気をつけないといけない。安全のためには、「もったいない」と思っても、思い切って捨てる勇気も大切だ。

　　夏天是食材容易腐壞的季節。原本想要煮昨天買的肉，一切開卻發現有奇怪的味道。即使外表看起了沒事，但因為快爛了，還是不要吃比較好。雖然明明放進了冰箱，但可能是溫度太高了也說不定。夏天尤其需要注意保存方式。只要稍不注意，就會搞壞身體，所以不得不小心注意。為了安全起見，即使感到可惜，浪費了，但還是要有果斷決定丟棄的勇氣。

12　〜かと言うと／かと言えば
要說〜的話〜

◆ 文法解釋

聚集疑問焦點的句型，針對某件事或某個疑問，提出答案或理由，經常用於對某件事情自問自答的場合。

◆ 常見句型

- **疑問句＋かと言うと／かと言えば**

　　接續帶疑問詞的疑問句，並在後項接續作為解答的句子。表示要說明〜的話，那是因為〜的意思。

◆ 短句跟讀練習

- **疑問句＋かと言うと／かと言えば**

　　なぜ彼が辞めたかというと、昇給が期待外れだったからだ。
　　要說他為什麼辭職，那是因為加薪不如期待。

　　犬派か猫派かといえば、どちらかというと猫のほうが好きです。
　　說到喜歡貓還是喜歡狗，如果問我偏向哪一邊，我比較喜歡貓。

子供の頃は一度も海外に行ったことがなかった。なぜかというと、両親が忙しくて、時間がなかったからだ。

我小的時候一次也沒有出過國。要說為什麼，那是因為父母都很忙沒有時間。

いつ家を買うことを決めたかというと、家賃を払うのがもったいないと感じたときです。

問我是何時決定買房的，大概是覺得付房租是一件浪費錢的事情的時候。

◆ 進階跟讀挑戰

日本のカレーは小麦粉でとろみがあり、家庭の味として人気です。一方、インドカレーは種類が豊富で、豊かなスパイスの香りと深い味わいが特徴です。私はどちらも好きですが、どちらかというと、インドカレーのほうが好きです。特に焼きたてのナンと一緒に食べると、スパイスの風味がより引き立って、最高に美味しいです。その香りと味わいは印象的で、一度食べたら忘れられないほどです。

日本的咖哩為使用小麥粉因此帶有濃稠感，作為家庭料理的味道而相當受歡迎。另一方面，印度咖哩的種類豐富，擁有濃郁的香料香氣和層次醇厚的味道是其特徵。我兩種口味都喜歡，但要問哪一種比較喜歡的話，我比較喜歡印度咖哩。特別是如果與剛出爐的印度　一起吃，香料的風味更加突出，真的是超絕美味。那種香氣與風味令人印象深刻，是讓人吃過一次就無法忘懷的程度。

13 〜かと思いきや／かと思ったら／かと思えば

原以為〜卻〜

◆ 文法解釋

都是用於表達結果與說話者預想相反，表示原以為是這樣，結果卻出乎意料。

◆ 常見句型

- 動詞／イ形容詞／ナ形容詞／名詞（普通形）＋かと思いきや／かと思ったら／かと思えば

  各種詞性的普通形皆可以接續在「かと思いきや／かと思ったら／かと思えば」前面，但需注意ナ形容詞與名詞現在肯定形時不加「だ」。

◆ 短句跟讀練習

- 動詞／イ形容詞／ナ形容詞／名詞（普通形）＋かと思いきや／かと思ったら／かと思えば

  あの国の戦争は、3か月で終わるかと思ったら、結局3年も続いた。
  那個國家的戰爭，原以為3個月就會結束，結果卻持續了3年。

  ただの胃腸炎かと思ったら、まさか心筋梗塞の前兆だったとは思わなかった。
  原以為只是單純的腸胃炎，完全沒想到竟然會是心肌梗塞的前兆。

ノートパソコンの電源が急に切れたので、壊れたかと思いきや、充電ケーブルの接触が悪かっただけだった。

因為筆記型電腦的電源突然斷電，原以為是壞掉了，結果只是充電線接觸不良而已。

彼らはいつも言い争いばかりしていて、仲が悪いかと思いきや、実は毎日一緒に食事をするほど仲がいいらしい。

他們總是在爭吵，原以為是感情不好，結果實際上卻是每天一起吃飯般的感情融洽。

◆ 進階跟讀挑戰

春になってから、くしゃみや鼻水が止まらなかった。毎年のことなので、いつもの花粉症かと思ったら、今回はどうも様子が違ったようだ。熱も出て、体もだるい。病院で検査を受けたところ、なんと風邪ではなくウイルス性の感染症だった。早めに医者に行って本当に正解だった。思い込みで判断するのは危険だと、あらためて認識した。

到了春天，我就不停地打噴嚏和流鼻水。因為每年都這樣，原以為是與往常一樣的花粉症，結果這次總感覺似乎情況不太一樣。還發燒了、身體也很倦怠。在醫院檢查後，結果竟然不是感冒，而是病毒感染。儘早去看醫生真是正確決定。我再次認知到了以先入為主的想法進行判斷是危險的事。

14 〜から〜にわたって／にわたり／にわたる／にわたった

從〜到〜，涉及〜

◆ 文法解釋

表示時間、空間的範圍，表達某個動作或狀態所延續、擴展的整體範圍。

◆ 常見句型

❶ 名詞1+から+名詞2+にわたって／にわたり

以「AからBにわたって／にわたりC」的形式，名詞1、名詞2都是表示時間、地點、空間的名詞，「〜から」前的名詞為範圍的起點，「〜にわたって」前的名詞為範圍的終點，表達C的狀態擴及這個範圍內的所有事物。另外，無需說明起點時，「〜から」可省略。

❷ 名詞1+から+名詞2+にわたる／にわたった+名詞

如前述，後項接續名詞時的用法。

◆ 短句跟讀練習

❶ 名詞1+から+名詞2+にわたって／にわたり

台北ドームの建設工事は10年にわたり、紆余曲折を経て、ついにオープンを迎えました。

台北大巨蛋的建造工程歷經10年，幾經波折，終於迎來了開幕。

今年のブラックフライデーセールは11月29日から1週間に

わたって行われる予定で、期待している。

今年的黑色星期五特賣預計從11月29日開始持續進行1週，所以我相當期待。

3月になると、川沿い全体にわたってキバナイペーが咲き誇り、散歩が楽しみになる。

一到3月，整個河川沿岸的範圍內黃花風鈴木燦爛地綻放，令人期待起散步。

❷ 名詞1+から+名詞2+にわたる／にわたった+名詞

10時間にわたる手術の結果、無事に成功しました。

長達10個小時的手術結果，平安無事地成功了。

◆ 進階跟讀挑戰

タイの水かけ祭りは、3日間にわたって行われる有名な行事だ。水をかけ合うことで、お互いの幸運と健康を願う意味があるという。日本の祭りと比べると、とてもにぎやかで自由な雰囲気がある。国や年齢に関係なく誰でも楽しめるイベントだと感じた。服はびしょ濡れになったが、心はとても温かくなった。日本では味わえない文化に触れることができ、とても貴重な経験になった。

　　泰國的潑水節是一項連續舉行3天的著名傳統活動。透過互相潑水，據說有祝願彼此好運與身體健康的意涵。與日本的祭典相比，非常熱鬧且擁有自由的氛圍。令人感到這是一項不論國家或年齡，任何人都能盡情享受的活動。雖然衣服淋得溼透了，但心卻變得溫暖了起來。能夠接觸到在日本無法體驗的文化，成為了非常寶貴的經驗。

15 ～からいいようなものの／からいいものの／からよかったものの

雖然因為～還好～

◆ 文法解釋

　　表示這次雖然避免了最壞的事態，但也不是很好，帶有指責、責備的語氣。

◆ 常見句型

- 動詞／イ形容詞／ナ形容詞／名詞（普通形）＋からいいようなものの／からいいものの／からよかったものの

　　表示因為前項的理由，沒有造成最嚴重的後果，隱含有說話者對嚴重後果的擔憂，提醒下次不能掉以輕心或可能發生的不好結果。

◆ 短句跟讀練習

- 動詞／イ形容詞／ナ形容詞／名詞（普通形）＋からいいようなものの／からいいものの／からよかったものの

　　火事にならなかったからいいようなものの、コンロの火をつけたまま出かけるなんて信じられない。
　　雖然幸好沒有釀成火災，但瓦斯爐的火開著就出門真是令人難以置信。

　　資料が見つかったからいいものの、もし見つからなかったら、大事なプレゼンは台無しになっていたよ。
　　雖然還好找到了資料，要是沒找到的話，重要的簡報會議就泡湯了啊。

今回は間に合ったからよかったものの、毎回こんなにギリギリではいつか失敗するわ。

雖然這次趕上了，但每次都這麼趕到極限的話，總有一天會失敗唷。

近くにトイレがあったからいいものの、なかったら電車に乗るのをあきらめていたかもしれない。

幸好附近有廁所，不然我可能就放棄搭電車了。

◆ 進階跟讀挑戰

昨日、近所の家に泥棒が入ったらしい。幸い、家にいなかったからよかったものの、もし誰かがいたら、危険なことになっていたかもしれない。その後、警察も来て、周辺を調べていたという。こんなことがあると、防犯の大切さを改めて感じる。特に、年末には空き巣が増えるという話もよく聞くため、戸締まりや防犯対策を今まで以上に意識しないとだめだと思う。

　　昨天，附近鄰居的家似乎遭了小偷。幸好沒有人在家，要是有誰在家的話，可能就會發生危險的事。這之後，據說警察也來了，並都周圍進行了調查。發生這種事情，讓我再次體會到防盜的重要性。尤其，在年底時也時常聽到闖空門事件增加，所以我覺得需要比以往更加留意緊鎖門窗和防盜措施才行。

16 ～からこそ
正因為～

◆ 文法解釋

強調原因或理由的表達方式。多與「～のだ」一起使用，含有排除其他理由，正是因此的語感，為說話者根據自己的意見、想法的主觀判斷，因此，不能用於客觀的判斷或事實陳述。

◆ 常見句型

❶ 動詞（普通形）＋からこそ

以「AからこそB」的形式，強調正是因為前項敘述的A這個理由，才有後項B的結果。

❷ イ形容詞（普通形）＋からこそ

い形容詞版本。

❸ ナ形容詞（普通形）＋からこそ

な形容詞版本，但現在肯定形時，接續為「ナ形容詞だからこそ」。

❹ 名詞（普通形）＋からこそ

名詞版本，但現在肯定形時，接續為「名詞だからこそ」。

◆ 短句跟讀練習

❶ 動詞（普通形）＋からこそ

悔(くや)しい思(おも)いを経験(けいけん)したからこそ、成長(せいちょう)した自分(じぶん)があると思(おも)う。

我認為正因為曾有過懊悔的經驗，才會有成長過的自己。

❷ イ形容詞＋からこそ

難しいからこそ、やりがいがある仕事だと思います。
正因為困難，所以才覺得是一件有意義的工作。

❸ ナ形容詞＋からこそ

好きだからこそ、どんな困難があっても乗り越えられる。
正因為喜歡，不論有任何困難也都能跨越。

❹ 名詞＋からこそ

遠距離恋愛だからこそ、会える時間の大切さを強く実感する。
正因為是遠距離戀愛，才更強烈地體會到能夠相見的時間的重要性。

◆ 進階跟讀挑戰

大人になると、本音で話せる友達は少なくなる。長い時間をかけて築いた信頼関係は、簡単には手に入らない。だからこそ、一度つながった縁は、何よりも大切にしたい。悩んだときにそばにいてくれる友人の存在は、どんな宝石よりも貴重だ。これからも、その友情を何よりも大切にし、年月を重ねるとともにさらに深まっていけばと願っている。

　　長大成人後，能夠說真心話的朋友變得越來越少。經歷長時間所構築起的信任關係，不是輕易就能獲得的。正因如此，一旦建立起的緣分，我希望比任何事物都要珍惜它。在煩惱時，陪伴在身邊的朋友的存在，比起任何寶石都更加珍貴。今後也會比任何事物都更珍視這份友情，並希望隨著年月的累積能變得更加深厚。

17 〜からといって／からって／からとて

不能因為〜就〜

◆ 文法解釋

表示僅因為這一點理由。後項接續否定的表達方式。

◆ 常見句型

❶ 動詞（普通形）＋からといって

以「AからといってB」的形式，表示即使有前項的理由A，也不能因此成為後項B成立的理由。

❷ イ形容詞＋からといって

い形容詞版本。

❸ ナ形容詞＋からといって

な形容詞版本，現在肯定形時，接續為「ナ形容詞だからといって」。

❹ 名詞＋からといって

名詞版本，現在肯定形時，接續為「名詞だからといって」。

◆ 短句跟讀練習

❶ 動詞（普通形）＋からといって

N1を持っているからといって、日本人の話すことがわかるとは限らない。

就算擁有N1資格，也不一定就懂日本人談話的內容。

❷ イ形容詞＋からといって

寒いからといって、家に籠ってばかりいるのはよくない。

雖說很冷，但老是宅在家也不好。

❸ ナ形容詞＋からといって

好きだからといって、ずっと一緒にいられるわけではない。

就算喜歡，但也不代表能永遠再一起。

❹ 名詞＋からといって

いくら親だからといって、子供の携帯を勝手に見るなんて、許されることではない。

不能因為是父母，就做出擅自看孩子的手機這種事，這是無法被原諒的事情。

◆ 進階跟讀挑戰

近くのスーパーでは、入り口の前に車を止める人が多い。迷惑駐車なのに、みんながやっているから大丈夫だと思っているのだろう。しかし、他人がやっているからといって、自分も同じことをしていいわけではない。みんなが同じことをすれば、事故が起こるかもしれない。「みんながやっているから」は、正しい行動とは限らないのだ。

有許多人將車停在附近超市的入口處前。明明是違停，但因為大家都這麼做，所以覺得應該沒關係吧。但是，就算別人都這麼做，也不代表自己可以做同樣的事情。如果大家都做著同樣的行為，很可能會造成事故發生。「大家都這麼做」未必就是正確的行為呢。

18 ～からには
既然～

◆ 文法解釋

表示因為前項敘述的立場、情況，則當然要達到後項的結果。常用於表達說話者在某個事態的情況下的強烈決心或判斷，因此後項多接續「なければならない（非得）」、「べき（應要）」等表示意志、義務、期待、請求、命令等的句子。

◆ 常見句型

❶ 動詞（普通形）＋からには

以「AからにはB」的形式，表示既然處於A的立場、情況下，則當然要實現後項的行為或結果B。

❷ イ形容詞＋からには

い形容詞版本。

❸ ナ形容詞＋からには

な形容詞版本，現在肯定形時，接續為「ナ形容詞であるからには」。

❹ 名詞＋からには

名詞版本，現在肯定形時，接續為「名詞であるからには」。

◆ 短句跟讀練習

❶ 動詞（普通形）＋からには

雨の日に出かけるのは面倒だけど、約束したからには絶対に守るよ。

雖然下雨天出門很麻煩，但既然約好了，我就絕對會遵守。

❷ イ形容詞＋からには

このホテルは一泊の料金が高いからには、サービスも設備も相当高級なはずだ。

既然這間飯店一個晚上的住宿費這麼高，想必不論服務還是設備應該都相當高級。

❸ ナ形容詞＋からには

元気であるからには、毎日を大切に生きるべきだ。

既然身體健康，就應該珍惜每一天，好好地生活。

❹ 名詞＋からには

親であるからには、兄弟に対して公平でなければならない。

既然是父母，就必須要公平地對待兩兄弟。

◆ 進階跟讀挑戰

　日本に住んでいるからには、日本のマナーやルールを守るべきだ。たとえば、電車の中では静かにするのが普通だ。電話をかけたり、大きな声で話したりするのはよくない。他の国では問題ないことでも、日本では迷惑になることがある。周りの人に気を使うことが、日本の文化の一つであり、「思いやり」の表れでもあるのだ。

　既然居住在日本，就應該要遵守日本的禮儀和規則。例如，在電車內保持安靜是一件基本的事情。撥打電話或用大聲量的聲音聊天是不好的行為。即使在其他國家是沒有問題的行為，在日本可能會造成別人困擾。顧慮周遭人的感受，既是日本文化的一部分，也是「體貼」的一種表現。

19 〜かねない
有可能會〜

◆ 文法解釋

表示因為某種原因、理由，而有可能發生或導致不好的事態或具有危險性。只能用於說話者對事物的負面評價。

◆ 常見句型

- **動詞ます形去ます + かねない**

以「Aかねない」的形式，用於表達說話者擔心或警戒有可能發生不好的情況。前項A為說話者根據狀況，而對事物所做出的個人負面預想。

◆ 短句跟讀練習

- **動詞ます形去ます + かねない**

悪天候の中で無理に登山すれば、遭難しかねない。
在惡劣的天氣下強行登山的話，有可能會遭遇山難。

疲れた状態で運転を続けると、事故を起こしかねない。
在疲勞的狀態下連續駕駛的話，有可能會造成事故發生。

この情報が漏れれば、会社の信用や評価に深刻な打撃を与えかねないため、守秘義務を守らなければならない。
如果這項情報洩漏的話，有可能會對公司的信譽和評價帶來嚴重打擊，因此必須遵守保密義務。

こんな非常識なことをする人がいないと思うが、あの人ならやりかねない。

雖然覺得不會有人做這種超乎常理的事情,但如果是那個人的話有可能會去做。

◆ 進階跟讀挑戰

　友人は、若いころから毎日飲酒していた。最初は元気だったが、ある日突然、肝臓の病気で入院することになった。医者に「このまま放っておけば、命にかかわる病気につながりかねない」と言われたそうだ。健康は失ってからでは遅いので、それ以来、彼は生活を見直し、禁酒を始めた。今ではすっかり体調も良くなり、健康の大切さを実感しているという友人の話を聞いて、自分も生活を見直すことにした。

　朋友從年輕時代開始就每天飲酒。雖然原本身體很健康,但某天突然就因為肝臟的疾病而住院了。似乎醫生說了「要是就這麼放任不管,有可能會發展成危及性命的病」這樣的話。如果失去健康就為時已晚,因此,自那以後,他重新檢視了生活,並開始禁酒。聽了朋友說他現在身體也已經完全康復,並且體會到健康的重要性後,我也決定重新檢視自己的生活。

20 〜かねる

難以〜

◆ 文法解釋

表示雖然想做但難以達成。另外，也作為對於他人的請求或命令，委婉地拒絕的表達方式。經常用於顧客接待或職場等商業場合，是較為鄭重的用法。

◆ 常見句型

- **動詞ます形去ます＋かねる**

以「Aかねる」的形式，表達說話者即使想做，但由於所處狀況、條件或立場等心理上的原因而無法達成前項A的事情。不能用於能力或物理上無法做到的事。

◆ 短句跟讀練習

- **動詞ます形去ます＋かねる**

当日（とうじつ）の予約変更（よやくへんこう）につきましては、原則（げんそく）として対応（たいおう）いたしかねますので、ご了承（りょうしょう）くださいませ。

有關當日預定的變更，原則上難以協助，還請見諒。

職場（しょくば）のパワーハラスメントに耐（た）えかねて、彼（かれ）はついに会社（かいしゃ）を辞（や）める決断（けつだん）をした。

因為再也無法忍受職場的職權騷擾，他最終下定決心離職了。

彼女（かのじょ）が一人（ひとり）で重（おも）そうな荷物（にもつ）を運（はこ）んでいるのを見（み）かねて、手（て）を貸（か）した。

我不忍心看她一個人搬運看起來很重的行李，就伸出了援手。

個人情報（こじんじょうほう）に関（かん）するご質問（しつもん）にはお答（こた）えできかねます。

有關個人資訊的提問，請恕我們無法回覆。

◆ 進階跟讀挑戰

　　お客様（きゃくさま）から「返品（へんぴん）したい」との連絡（れんらく）があったが、すでに使用済（しようず）みの商品（しょうひん）だった。規定（きてい）では未使用品（みしようひん）のみ返品可能（へんぴんかのう）となっているため、申（もう）し訳（わけ）ないが応（おう）じかねることを丁寧（ていねい）に説明（せつめい）した。相手（あいて）は納得（なっとく）してくれたが、対応（たいおう）には非常（ひじょう）に神経（しんけい）を使（つか）った。お客様（きゃくさま）の気持（きも）ちを大切（たいせつ）にしつつ、会社（かいしゃ）の方針（ほうしん）も守（まも）るのは簡単（かんたん）ではないと感（かん）じた。

　　雖然收到了來自客人「希望退貨」的聯繫，但卻是已經使用過的商品。按規定，只有未使用過的產品才能退貨，因此我親切詳細地說明了雖然很抱歉但無法提供協助的原因。雖然得到對方的理解，但對於應對處理讓我非常地耗費精神。這讓我覺得在重視顧客感受的同時，也要遵守公司的方針不是一件容易的事情。

隨堂考②

❶ 請選擇最適合填入空格的文法

1. 雨が降らなかった（　　　）、窓を開けたままにしていたら、全部濡れていただろう。
    1.の　　　　　　　　　　　2.からいいようなものの
    3.からいいような　　　　　4.ら

2. どんなにつらくても、自分で決めた道（　　　）、最後まであきらめたくない。
    1.からこそ　　2.から　　3.からといって　　4.とは

3. この博物館では、旧石器時代（　　　）現代（　　　）さまざまな文化的遺産が展示されています。
    1.に〜にわたって　　　　　2.から〜にわたって
    3.に〜の　　　　　　　　　4.にわたって〜から

4. うわさは事実とは違っていても、広まれば人の名誉を傷つけ（　　　）。
    1.る　　　　2.ない　　　　3.かねに　　　　4.かねない

5. 木枯らしに吹かれて、今年も終わり（　　　）いるのを感じる。
    1.して　　　　2.かけの　　　　3.かけ　　　　4.かけて

6. 幸せな結婚生活を送る上で何が大切（　　　）、それは相手への思いやりにほかならない。
    1.かと言えば　　2.かと言う　　3.だと言う　　4.かと言え

7. 好きだ（　　　）、毎日コーラを飲むのは体によくない。

　1.も　　　　　2.からと言う　　3.と　　　　　4.からといって

8. 突然の依頼で申し訳ありませんが、今週中の対応は難しく、（　　　）。

　1.引き受けかそうです　　　　2.引き受けようです
　3.引き受けかねます　　　　　4.引き受けらしいです

❷ 請選擇最適合填入空格的文法

外国人の友人を初めて自宅に招いたとき、和食を用意して待っていたが、彼は料理に手をつけず微笑んでいた。失敗した①（　　　）、実はベジタリアンだった。事前に確認していなかったとはいえ、彼が「気にしないで」と言ってくれたおかげで救われた。こうした経験をした②（　　　）、今後は宗教や信条にも配慮すべきだと感じた。食文化は地域から宗教にわたって多様で、見た目だけで判断するのは危険だ。日本に住んでいる③（　　　）、日本の常識が通じるとは限らない。無意識な言動が相手を傷つけ④（　　　）。⑤（　　　）、文化を尊重する姿勢が信頼関係を築く鍵になる。

① 1.かと思ったら　2.に思ったら　3.が思ったら　　4.か
② 1.からにが　　　2.のに　　　　3.からに　　　　4.からには
③ 1.がといい　　　2.からいって　3.からといって　4.いわず
④ 1.かね　　　　　2.かねない　　3.かねる　　　　4.てかねない
⑤ 1.こそだから　　2.でからこそ　3.からこそ　　　4.だからこそ

21　〜限り／の限り
竭盡〜

◆ 文法解釋
表示達到最高限度或極限。以最大限度去做某件事情的意思。

◆ 常見句型

❶ 動詞（辭書形）＋限り

表示竭盡能力範圍內的最大限度去做後項的事情，接續動詞時，也經常接續表示能力的可能形動詞。

❷ 名詞＋の＋限り

名詞版本。

◆ 短句跟讀練習

❶ 動詞（辭書形）＋限り

時間が許す限り、世界中を旅して回りたい。
只要時間允許，我想要到世界各地去旅行。

できる限りの努力をしたので、あとは天に任せるしかない。
我已經盡了最大的努力，接下來只能交給老天爺了。

❷ 名詞＋の＋限り

私は力の限り走ったが、飛行機の搭乗時間には間に合わなかった。
我用盡了全力奔跑，但還是沒有趕上飛機的登機時間。

命の限り、あなたを守り、ともに人生を歩むことを誓います。
我發誓會用盡生命守護你，與你一起攜手共度人生。

◆ 進階跟讀挑戰

　自由という権利を軽く考えてはいけません。意見を言う自由がある一方で、その言葉が誰かを傷つけたり、社会に悪い影響を与えたりすることもあります。自由に発言できるということは、命がある限り大切に守るべき価値であり、その使い方には責任が伴います。言葉は、誰かを否定するためではなく、社会をより良くするための力であるべきです。たとえ小さな声であっても、正直な気持ちから生まれた言葉には、人の心を動かす力があると私は信じています。

　我們不慎重考慮所謂自由的權利是不可以的。擁有自由闡述意見的同時，也可能那句話會傷到某個人和為社會帶來不良的影響等。能夠自由地發言，也就是說只要還活著就應該要珍惜地守護的價值，其使用方式需伴隨著責任。語言並不是為了否定誰，而應該是為了讓社變得更好的力量。即使只是微弱的聲音，我也一直相信從直接真實的感受所產生的言語裡，擁有打動人心的力量。

22 〜限り／限りで／限りでは／限りだと

根據～所知～

◆ 文法解釋

表示基於限定範圍所得到的知識、經驗，做出某項判斷或結論。

◆ 常見句型

- 動詞（辭書形／ている形／た形）＋限り／限りで／限りでは／限りだと

    接續「見る（看）」、「聞く（聽）」、「知る（知道）」、「調べる（調查）」等表示認知行為的動詞，用以表達根據所知的知識或經驗判斷〜的意思。

◆ 短句跟讀練習

- 動詞（辭書形／ている形／た形）＋限り／限りで／限りでは／限りだと

    私の知る限り、彼はそんな嘘をつくような人ではない。
    就我所知，他絕不是那種會說那樣謊話的人。

    ニュースで分かった限りでは、摂取量を守れば、体に特に悪影響はないとされています。
    根據新聞所瞭解到的是，一般認為只要遵守攝取量，對健康就不會有特別不良的影響。

この動物は、これまでの資料を読んだ限りでは、台湾にしか生息していないようだ。

據我目前所讀過的資料，這種動物好像只生活在台灣。

私が聞いている限りでは、彼は真面目で責任感がある人だと思います。

就我所聽到的印象，我感覺他是既認真又有責任感的人。

◆ 進階跟讀挑戰

人生には成功もあれば失敗もあります。私の知る限り、完璧な人生を送っている人などいません。誰にでも、後悔や失敗の一つや二つはあるものです。それでも、時間の流れは止まることなく前へ進んでいきます。そうした失敗も含めて、人生とはそういうものだと私は思います。だからこそ、「変化」は恐れるものではなく、むしろ受け入れて前に進むための一歩なのかもしれません。大切なのは、過去を悔やむことではなく、後悔のないように、一日一日を大切に生きていくことです。

　　人生之中若有成功就也存在著失敗。就我所知，沒有人是過著完美人生的。不論任何人，都會有一兩項後悔或失敗的事情。儘管如此，時間並不會停止流逝，而是不斷向前邁進。涵蓋著那些失敗，我想人生就是這麼回事。正因如此，「變化」並不是可怕的事情，反而可能是接受後讓我們往前邁進的一步也說不定。重要的是不要悔恨過去，而是為了不留下遺憾，珍惜地度過每一天的生活。

23 〜限りなく〜に近い
幾乎等同於〜

◆ 文法解釋
說話者主觀描述某件事物與另一事物或情形極其相近，幾乎相同。

◆ 常見句型

- **限りなく＋名詞＋に近い**

   用以比喻與「に近い」前接續的名詞性質極其相近，表示「幾乎與〜別無二致」。

◆ 短句跟讀練習

- **限りなく＋名詞＋に近い**

   依頼先の希望に合わせて、限りなく黒に近いグレーの色を使いました。
   依照顧客的期望，使用了極其接近黑色的灰色。

   彼が東京大学に合格する可能性は、限りなくゼロに近い。
   他考上東京大學的可能性幾近於零。

   この偽札は限りなく完璧に近い精巧さを持ち、もはや芸術作品と言っても過言ではない。
   這張偽鈔擁有幾乎完美的精細度，即使說它已經是件藝術作品也不為過。

海外初出店のこの味噌ラーメン、限りなく本場の味に近いよ。日本で食べた時とほとんど同じ。

這間首次海外展店的味噌拉麵，幾乎還原正宗口味。與在日本當地吃的時候基本一模一樣。

◆ 進階跟讀挑戰

小さいころからピアノにあこがれていたけれど、家にスペースがなくて、ずっとあきらめていた。それでも気持ちは消えず、「いつか」と思い続けていた私が、最近ついに電子ピアノを手に入れた。初めて音を出した瞬間、思わず「すごい」と声が出るほど驚きました。限りなく生ピアノに近い、柔らかくて深みのある音色が、部屋中に優しく響き渡った。長年の夢が、小さな音とともに少しだけ叶った気がした。

我從小就夢想著彈鋼琴，但因為家裡空間不夠，一直以來只好放棄。即使如此，這份心情並未消逝，總帶著「總有一天一定…」想法的我，終於在最近入手了數位鋼琴。第一次彈出音符的瞬間，我驚訝地不由得發出「好厲害」的讚嘆聲。與鋼琴幾乎無異的柔和且深邃的音色，優美地在整個房間裡迴盪著。長年以來的夢想，我有種隨著小小的琴音稍微實現了一點的感覺。

24 必ずしも〜とは限らない／必ずしも〜わけではない
不一定〜

◆ 文法解釋

「とは限らない（不限是）」與「わけではない（不是）」的延伸用法，搭配「必ずしも（一定）」有更加強調的語感。同樣用於否定從前面敘述的內容所導出的必然結果，委婉地表達並非都是如此。經常與「からといって（雖然說是）」、「たとしても（就算如此）」一起搭配使用。

◆ 常見句型

- 必ずしも + 動詞／イ形容詞／ナ形容詞／名詞（普通形）+ とは限らない／わけではない

  接續方式同「とは限らない」與「わけではない」，各種詞性的普通形皆可以接續在前面，但需注意，ナ形容詞與名詞的現在肯定形時，「とは限らない」的接續是「〜（だ）とは限らない」，而「わけではない」的接續依表達的情境，可以接續「〜なわけではない」或「〜だというわけではない」。

◆ 短句跟讀練習

- 必ずしも + 動詞／イ形容詞／ナ形容詞／名詞（普通形）+ わけではない

世界的に著名な音楽大学を卒業したからといって、必ずし

も有名なミュージシャンになれるわけではない。

就算畢業於世界著名的音樂大學，也不一定就能成為有名的音樂家。

たとえ高い地位について、権力やお金を手に入れても、必ずしも幸せだというわけではない。

即使位居高位，得到權力和金錢，也未必就能說是幸福。

親の身長が高いからと言って、必ずしも子どもの身長が高いわけではない。

就算父母的身高都很高，也未必小孩的身高就高。

パッケージに掲載されている商品写真は、必ずしも実際の内容物と同じとは限らない。

刊登在包裝上的商品照，不一定與實際內容物相同。

◆ 進階跟讀挑戰

子どものころは、大人になれば自由に好きなことができると思っていた。早く大人になれたらいいのにといつも思っていた。しかし、実際に社会に出て働いてみると、仕事や責任に追われ、思うように時間を使えない日々が続いている。残念ながら、大人になることが、必ずしも自由を意味するわけではないことに気づかされた。

小時候我總認為只要長大，就能自由的做自己喜歡的事。一直想著如果能趕快長大就好了。但是，實際上踏入社會開始工作後，每天都過著被工作和責任追趕，不斷持續著無法隨心所欲的運用時間的日子。雖然很遺憾，但我發現長大成人，未必就代表自由。

25 〜甲斐(がい)
做〜的價值

◆ 文法解釋

表示某件事或某個行為有做的價值、意義或效果。常會以平假名「がい」方式出現。

◆ 常見句型

- **動詞ます形去ます + がい**
  以「Aがい」的形式，表示前項A的動作值得做，可以得到好的回報。

◆ 短句跟讀練習

- **動詞ます形去ます + がい**

人(ひと)の役(やく)に立(た)つ、やりがいがある仕事(しごと)に携(たずさ)わりたいと考(かんが)えています。
我一直希望能夠從事有助於人且有意義的工作。

息子(むすこ)がいつも喜(よろこ)んで料理(りょうり)を食(た)べてくれるので、料理(りょうり)のしがいがあります。
兒子總是開心地吃著我煮的料理，所以讓我覺得很有做料理的價值。

運動神経(うんどうしんけい)もいいし、技(わざ)を一度(いちど)教(おし)えたらすぐ使(つか)えるようになるから、本当(ほんとう)に教(おし)えがいがある子だ。
運動神經也很卓越，只教一次的技巧就能立刻運用，真的是很值得教學的孩子。

どんな困難な状況でも冷静に対応できる彼に頼りがいを感じる。

不論多困難的狀況也能冷靜應對的他讓我感到值得信賴。

◆ 進階跟讀挑戰

留学をしてから、人生の考え方が大きく変わった。文化や言葉の違いに戸惑うこともあったが、新しい友達との出会いのおかげで、毎日を前向きに過ごせるようになった。自分の世界が広がり、生きがいも見つかって、これからの人生に希望を持てるようになった。勉強だけでなく、その国の文化や人々の価値観に触れられたことも、得がたい学びだった。あらゆる経験が、今の私をつくっている。あの時の一歩が、今の私の原点だと思っている。

自從留學後，我對人生的看法產生了大大的變化。雖然也有對文化和語言的不同而感到不知所措的時候，但多虧與新的朋友的相識，讓我能樂觀積極地度過每一天。我的世界變得廣闊，也找到了生存的意義，對今後的人生開始懷抱著希望。不只是學習，能夠接觸到那個國家的文化與人們的價值觀，也是一次寶貴的收穫。所有的經驗，造就了現在的我。我一直認為當時跨出的那一步，是如今的我的起點。

26 〜きり／っきり
自從〜之後就〜

◆ 文法解釋

　　表示某一狀態持續，用於表達自從某個行為或狀態發生以來，就再也沒有發生的事態。口語時，經常用「っきり」。

◆ 常見句型

- 動詞（た形）＋きり／っきり

　　以「Ａきり／っきりＢ」的形式，表示自從Ａ動作之後，就一直維持Ｂ的狀態。後項句子常接續否定的「〜ない／ません」。

◆ 短句跟讀練習

- 動詞（た形）＋きり／っきり

彼は脳梗塞を起こし、今では寝たきりの状態になってしまった。
他自從腦栓塞發作，如今已經變成一直臥病在床的狀態了。

留学した友達とは、5年前にパリで一緒に旅行したきりで、その後一度も会っていない。
與出國留學的朋友，自從5年前一起在巴黎旅行後，那之後就一次都沒再見過面。

息子は2年前に家出したきり、連絡もなく帰ってきていない。
兒子自從2年前離家出走之後，就一直沒有聯絡，也沒有回來。

彼に本を貸したきり、いまだに返してこない。
自從書借給他後，現在都還沒還回來。

◆ 進階跟讀挑戰

高齢化の進展により、介護を必要とする高齢者、特に寝たきりの人が増え続けている。そのため、介護をする人手が不足しつつある。最近では、介護の現場を支えるために、介護ロボットが導入されるようになってきた。ロボットが重い物を持ったり、体を支えたりすることで、介護者の負担を軽減することができる。したがって、技術の進歩によって、これからの介護のあり方も大きく変わっていくだろう。

　由於高齡化的進展，需要照護的高齡長者，尤其是長期臥病在床的人正在持續增加。因此，從事照護的人手漸漸地不足。最近，為了支援照護前線，照護機器人開始逐漸地被引進了。由於機器人可以拿取重物，撐扶人體等，所以能夠減輕照護者的負擔。因此，透過技術的進步，今後照護應有的樣貌也會大幅地改變吧。

27 ～げ
看起來～

◆ 文法解釋

用於描述人的感覺、情緒，表達說話者由外在的觀察所推論的某種感覺、樣子、情緒。

◆ 常見句型

❶ イ形容詞去い + げ

接續在形容詞後，表示說話者從外在感受到的某種狀態，看起來～的意思。修飾名詞時為「～げな+名詞」，修飾動詞時為「～げに+動詞」。另外，需注意「よい」的接續為「よさげ」、「なさげ」。

❷ ナ形容詞去な + げ

な形容詞版本。

❸ 動詞ます形去ます + げ／名詞 + げ

主要接續在形容詞後，部分限定情形下也有接續在動詞和名詞後的慣用表現。例如：「～ありげ」、「～たげ」。需注意用於「動詞+たい」和「ない」時，接續為「動詞たげ」、「なさげ」。

◆ 短句跟讀練習

❶ イ形容詞去い + げ

彼女(かのじょ)は悲(かな)しげな表情(ひょうじょう)を浮(う)かべ、あの時(とき)のことを静(しず)かに述(の)べていた。　她露出哀傷的表情，並平靜地述說那個時候的事。

❷ ナ形容詞去な＋げ

期待していた商品を手に入れ、彼は満足げな顔をした。

入手了期待已久的商品，他一臉滿足的表情。

❸ 動詞ます形去ます＋げ／名詞＋げ

その選手は自信ありげにピッチに立ったのに、ゴールをしなかった。

明明那名選手自信滿滿地站上了球場，卻沒有進球。

そんな些細なことで喧嘩するなんて、二人とも大人げないよ。

竟然因為那種枝微末節的小事而吵架，兩個人都一樣孩子氣啊。

◆ 進階跟讀挑戰

久しぶりに実家の近くを散歩していたら、偶然、子供の時によく行っていた駄菓子屋を見つけた。店の前には子供たちが列を作っていて、にぎやかさの中に昔と変わらぬ空気が流れていた。私は懐かしげに店をのぞき、ふと、昔のことを思い出した。あの頃の自分も、よく放課後に友達とアイスキャンディーを買って、店の前で食べながら、どうでもいいことで笑い合っていた。そんな記憶がよみがえってきて、懐かしさとともに、思わず笑ってしまった。

久違地在老家附近散步途中，偶然間，發現了孩提時代經常光顧的柑仔店。在店的前面，孩子們排著隊，喧鬧之中流淌著與往昔無異的氣息。我懷念地往店內看，忽然間想起了以前的事。當時的自己也是經常放學後與朋友買了冰棒，在店前一邊吃著，一邊為了無關緊要的小事笑成一團。我回想起了那樣的記憶，懷念的同時，不自覺地笑了出來。

28 ～ことか／ことだろう／ことだろうか

多麼～啊

◆ 文法解釋

　　表示程度之甚，帶有說話者強烈的感受或感動的情緒的情感表達方式。「ことか」的前項經常搭配「なんと」、「なんて」、「どれほど」、「どんなに」等疑問詞一起使用。另外，「ことか」為書信用語，口語時，經常使用「ことだろう」或「ことだろうか」。

◆ 常見句型

- 動詞／イ形容詞／ナ形容詞（普通形）+ことか／ことだろう／ことだろうか

　　前面接續為普通形，但需注意ナ形容詞現在肯定形時，接續為「な／である+ことか」。

◆ 短句跟讀練習

❶ 動詞（普通形）+ことか／ことだろう／ことだろうか

厳しい現実の中で、何度もあきらめようと思ったことか。それでも続けてきた。

在嚴峻的現實中，我不知道曾想過幾次要放棄啊。即使如此還是持續到了現在。

❷ イ形容詞＋ことか／ことだろう／ことだろうか

努力が報われた瞬間は、どれだけ嬉しいことだろう。

努力得到回報的瞬間，不知道我有多麼的開心啊。

❸ ナ形容詞＋ことか／ことだろう／ことだろうか

あのとき感情だけで行動してしまったなんて、なんと愚かなことか。

那時候僅憑藉著情緒就採取行動，真是多麼的愚蠢啊。

◆ 進階跟讀挑戰

大学を卒業して、もう10年も経つなんて、なんと早いことだろう。学生時代は、友だちと夜遅くまで話したり、一緒に旅行したりして、本当に楽しかった。あのころは毎日が新しい発見で、時間の経つのを忘れるほどだった。今でも、時々アルバムを見ては、懐かしい気持ちになる。あの日々の記憶は、今も心の中で色あせることなく輝き続けている。

大學畢業後，竟然已經過了10年，時間的流逝是多麼的快啊。學生時代與朋友又是徹夜長談，又是一起去旅行，真的是非常快樂。那個時候，每天都有新的發現，甚至令人忘了時間的流逝。直到現在，有時翻看著相簿，心裡就會泛起懷念之情。那些日子的記憶，至今仍在我的心中持續閃耀，毫不褪色。

29 〜ことから

因為〜

◆ 文法解釋

表示原因、理由、根據，用於說明事情經過及判斷根據。

◆ 常見句型

- **動詞／イ形容詞／ナ形容詞／名詞（普通形）＋ことから**

　　前面接續為普通形，但需注意ナ形容詞現在肯定形時，接續為「な／である＋ことから」，名詞現在肯定形時，接續為「である＋ことから」。以「AことからB」的形式，表達依前項A的理由、原因為判斷根據，而有後項B的結果。

◆ 短句跟讀練習

- **動詞／イ形容詞／ナ形容詞／名詞（普通形）＋ことから**

　　お年寄りが増えていることから、高齢者介護の課題が深刻化している。
　　因為老年人口數量不斷成長，年長者照護的課題正日益嚴重。

　　今年はとても暑いことから、気温の影響で紅葉の見頃が例年より遅くなると予測されています。
　　由於今年非常炎熱，預計受到氣溫的影響，楓葉的最佳觀賞期將比往年更晚。

経済が不景気であることから、多くの人が失業しました。

因為經濟不景氣，所以很多人失業了。

彼は日本神話学研究の専門家であることから、多くの大学に招かれて講演を行っています。

因為他是日本神話學研究的專家，所以受到許多大學邀請，舉行演講。

◆ 進階跟讀挑戰

　日本では、手作りの弁当を持って行く文化がある。特に「おにぎり」は人気がある。「おにぎり」という言葉は、「握る」という動作に由来していることから、どのように作るかも自然に想像できる名前だといえる。中には梅干しや鮭などの具が入っていて、忙しいときでも手軽に食べられる人気の食べ物だ。冷めてもおいしく、形もくずれにくいので、運動会や遠足などにもよく使われる。日本の食文化を代表する、シンプルで便利な料理のひとつだ。

　在日本，有帶著手做便當出門的文化。尤其是「飯糰」很有人氣。名為「握飯糰」的詞彙，由於是源自於「握」這項動作，因此可以說，是一個也能很自然地就讓人想像到是如何製作的名稱。飯糰裡加入酸梅或鮭魚等餡料，是即使在忙碌的時候，也能輕鬆方便地食用的人氣食物。因為就算冷了也好吃，外型也不容易變形，所以運動會或遠足等時候也經常用到。是代表日本的飲食文化，簡單且方便的料理之一。

30 ～ことだろう／ことでしょう
應該會～

◆ 文法解釋

表示推測。意思同「だろう」、「でしょう」，但「ことだろう」更鄭重，是書面用語的表現方式。用於表示說話者對某件事帶有某種感情的推測，經常搭配「さぞ」一起使用。

◆ 常見句型

① 動詞（普通形）＋ことだろう／ことでしょう

對某件並不明確的事物進行某種推測，應該～吧的意思。

② イ形容詞＋ことだろう／ことでしょう

い形容詞版本。

③ ナ形容詞＋ことだろう／ことでしょう

ナ形容詞版本，現在肯定形時，接續不加「だ」而是「ナ形容詞なことだろう」或「ナ形容詞であることだろう」。

◆ 短句跟讀練習

① 動詞（普通形）＋ことだろう／ことでしょう

長い間会っていないが、彼のお子さんもさぞ立派に成長されたことだろう。

雖然很長一段時間沒有見面，但他的孩子想必也一定成長得很出色吧。

❷ イ形容詞＋ことだろう／ことでしょう

大事な試合に負けたとき、彼はどんなに悔しかったことだろう。

輸掉了重要的比賽時，他一定很不甘心吧。

❸ ナ形容詞＋ことだろう／ことでしょう

初めての海外への一人旅は、さぞ不安だったことだろう。

第一次的單獨出國旅行，想必當時一定很不安吧。

◆ 進階跟讀挑戰

日本には四季があり、それぞれに美しい風景がある。もし一度に春の桜、夏の海、秋の紅葉、冬の雪を見られたら、さぞ素敵なことだろう。現実には難しいが、写真や動画で楽しむこともできる。季節の移ろいを感じながら自然とともに暮らせることこそ、日本の魅力のひとつだと言えるだろう。

　　日本擁有四季分明的季節，且各個季節都有美麗的景色。若能一次欣賞到春天的櫻，夏天的海，秋天的楓葉，冬天的雪，想必該會是一件的多麼美好的事啊。雖然現實中很難辦到，但也能透過照片、影片來享受這些景色。感受著四季更迭的同時，並能與自然共同生活，可以說正是日本的魅力之一吧。

随堂考③

1 請選擇最適合填入空格的文法

1. このアイディアは、（____）天才に近いほどの独創性があると思う。
   1.近い　　　2.限りなく　　　3.限りなくに　　　4.限り

2. その子は、不安（____）に母親の手を強く握っていた。
   1.げ　　　2.そうな　　　3.ような　　　4.らしい

3. テレビで紹介された商品が、必ずしも優れているとは（____）。
   1.限って　　　2.限り　　　3.限る　　　4.限らない

4. 敵が強くないなら倒し（____）がない。
   1.がい　　　2.ほしい　　　3.かね　　　4.こそ

5. 昨日食べた神戸牛は、さぞ美味しかった（____）ね。
   1.そう　　　2.こと　　　3.かね　　　4.ことだろう

6. 彼は8年前に会社を辞めた（____）、一度も連絡がない。
   1.かぎり　　　2.だけ　　　3.きり　　　4.きる

7. 道がぬれていた（____）、夜のうちに雨が降ったことがわかる。
   1.ことから　　　2.ことに　　　3.ところで　　　4.わけではなく

8. 私が知っている（　　　）では、彼がそんなでたらめなことをするとは思えない。
   1.限り　　　2.限らない　　　3.ものの　　　4.にかかわらず

❷ 請選擇最適合填入空格的文法

私の知る①（　　　）、人生には誰にでも何度か大きな転機が訪れるものだ。就職や結婚、あるいは病気や事故などを一度経験しただけで、その後の人生観が大きく変わる人もいる。これらの出来事は、②（　　　）望んだ通りになる②（　　　）が、どれも人間的な成長を促すものであり、決して無駄にはならない。最初は戸惑いや不安から、③（　　　）苦しみ③（　　　）ような、重い感情に襲われることもあるが、できる④（　　　）前向きに向き合おうとすることで、少しずつ乗り越える力が芽生えてくる。転機を乗り越えたときに得られる達成感が、どれほど大な生き⑤（　　　）になるのかは、実際に体験した人にしか分からないことだろう。

① 1.陥りでは　　2.限りでは　　3.限る　　4.限らない

② 1.必ず、わけ　　　　　　2.たとえ、でも
　 3.必ず、わけでない　　　4.必ずしも、わけではない

③ 1.限りなく、に近くて　　2.限りなく、に遠い
　 3.限り、に近い　　　　　4.限りなく、に近い

④ 1.限り　　2.限らない　　3.陥り　　4.まえ

⑤ 1.かい　　2.がい　　3.てがい　　4.たがい

31 ～ことにしている
決定要～

◆ 文法解釋

表示因為自己的某種決定而形成的習慣。由於是說話者個人的決心、決定的事情，並持續到現在而形成習慣，因此在表示一般意義的禮儀或習慣時，不能使用。

◆ 常見句型

❶ 動詞（辭書形）＋ことにしている

以「Aことにしている」的形式，表示前項已決定的動作A，目前仍持續。

❷ 動詞（否定形）＋ことにしている

否定形版本。

◆ 短句跟讀練習

❶ 動詞（辭書形）＋ことにしている

胃腸(いちょう)が弱(よわ)いので、お酒(さけ)を飲(の)むのを控(ひか)えることにしている。
因為腸胃功能不好，所以我決定要儘量避免喝酒。

健康(けんこう)のために、毎日(まいにち)30分(ぷん)運動(うんどう)することにしている。
為了健康，所以我一直以來有每天運動30分鐘的習慣。

❷ 動詞（否定形）＋ことにしている

睡眠の質を上げるために、晩ご飯のあとはお茶を飲まないことにしている。
為了提升睡眠品質，我一直以來在晚餐後就不喝茶。

孫に悪い影響を与えないように、たばこは家では吸わないことにしている。
為了不對孫子受到不良影響，我向來不在家抽菸。

◆ 進階跟讀挑戰

夫婦で夕食を食べるときは、楽しく過ごせるように、仕事の話をしないことにしています。お互いに一日頑張ったあとの時間なので、気持ちをリラックスさせることを大切にしたいと思います。趣味や旅行など、前向きな話題が自然と会話を明るくしてくれます。そんな会話を通じて自然と笑顔が生まれ、笑いの絶えない、穏やかで心地よい時間を過ごせています。

　夫婦兩人共進晚餐時，為了能夠愉快的度過，因此我一直以來都不談論工作上的事情。因為是彼此都辛苦了一整天之後的時間，所以我希望珍惜讓心情放鬆的時間。興趣或旅行之類正面積極的話題，自然而然地讓對話變得開朗起來。我們透過那樣的聊天，自然地展露笑容，度過充滿歡笑、平穩而愉快的時光。

32 〜ことにはならない
並不代表〜

◆ 文法解釋

　　表示即使在某種情況或行動下，也不代表就會帶來某個預期的結果。用於強調說話者對某個評價或判斷持否定立場時，意思同「〜だとは言(い)えない」。

◆ 常見句型

❶ 動詞（普通形）＋ことにはならない

　　具備前項條件或做了某事，並不代表一定能實現後項的結果。用於否定某件理所當然的事情。

❷ イ形容詞／ナ形容詞＋という＋ことにはならない

　　接續表示評價、判斷的形容詞，例如：「いい（好）」、「正(ただ)しい（正確）」、「不幸(ふこう)（不幸）」。ナ形容詞為現在肯定形時，接續為「ナ形容詞だということにはならない」。

◆ 短句跟讀練習

❶ 動詞（普通形）＋ことにはならない

一度(いちどあやま)謝ったからといって、それで許(ゆる)されたことにはならない。
就算道過一次歉，也不代表因此就被原諒了。

資格を持っているだけで、仕事ができることにはならない。

光是擁有資格，並不代表工作能力強。

❷ イ形容詞／ナ形容詞 + という + ことにはならない

値段が高ければ高いほどいいと思われがちだが、高ければいいということにはならない。

雖然人們往往認為價格越高就越好，但並不代表貴就是好的。

周りから羨ましがられていても、自分が満足していなければ、幸せだということにはならない。

就算受到周圍人們的羨慕，如果自己不感到滿足的話，那就不等於是幸福。

◆ 進階跟讀挑戰

初対面の印象だけで、人の性格を決めつけてしまうことがある。けれども、一度会っただけでは、本当の意味でその人を知ったことにはならない。相手の表情や言葉には、そのときの気分や状況が影響していることもある。短い出会いだけで判断せず、少しずつ理解していくことが、人間関係をうまく築くためのコツだと思う。

有時我們會僅憑初次見面的印象，就決定一個人的個性。然而，只是見過一面的話，並不代表就了解真正意義上的那個人。有時也會有對方的表情和言語，受到那時的心情和狀況影響的情形。不要僅依短暫的相遇就做出判斷，我認為，建立良好的人際關係的要領就在於慢慢地持續去理解對方。

33 〜こなす
熟練地〜

◆ 文法解釋

表示完全掌握並能善用某項技術或能力來完成某件事。

◆ 常見句型

- **動詞ます形去ます形＋こなす**

    表示熟練地，有效率地做某個動作的意思。需注意，「こなす」前經常接續與技術、能力、道具等動作相關的動作動詞，例如：「使う（使用）」、「歌う（唱歌）」、「着る（穿）」等。

◆ 短句跟讀練習

- **動詞ます形去ます形＋こなす**

    年を取ったのかもしれません。未だにスマホを上手に使いこなせていません。
    可能是年紀大了吧。至今仍無法熟練地使用智慧型手機。

    彼女はどんな難曲でも、まるで初めから知っていたかのようにすぐ弾きこなせる。
    不管多麼困難的曲目，她彷彿從一開始就會了一樣，馬上就能夠熟練地彈奏。

そのワンピースをこんな完璧に着こなせるのは彼女くらいだよ。

能夠這麼完美駕馭那件連身裙的也只有她了。

彼は新作で、複雑な役でも演じこなす才能を発揮した。

他在新作品中展現了即使是複雜角色也能完美演繹的才能。

◆ 進階跟讀挑戰

　　国際会議で出会った彼は、5カ国語を流暢に使いこなすマルチリンガルだった。語学力だけでなく、それぞれの文化への理解も深く、会話の中で相手に合わせた表現を自在に使い分けていた。その柔軟さと適応力は、国際的なビジネスの場で非常に重宝されるに違いない。言語とは、相手の世界に歩み寄るための架け橋なのだと、彼の姿から教えられた気がする。

　　在國際會議上遇到的他是能流暢地熟練運用5國語言的多語言者。不只是語言能力，對於各個文化的理解也很深入，在對話中，配合對方並靈活地選擇不同表達方式。那份靈活性和適應力，在國際商務場合上肯定會非常地受到重視。我感覺從他的姿態學到，所謂語言，是為了步向對方的世界的交流橋樑。

34 〜されるまま／されるがままに
任由〜

◆ 文法解釋

表示某件事的進行是按照別人的想法或任其順其自然的發展。不帶有個人意志，經常用於描述負面的事物上。

◆ 常見句型

- **動詞（受身形）＋されるまま／されるがままに**

  接續動詞受身形，需注意各類動詞的受身變化。表示雖然受到外力干擾，但未進行反抗，而是按照他人意願或順其自然地發展某件事物。

◆ 短句跟讀練習

- **動詞（受身形）＋されるまま／されるがままに**

  彼は気が弱いので、職場でいつもされるがままだ。
  他因為個性軟弱，在職場上總被欺負。

  詐欺グループに指示されるままにお金を振り込んだ。
  我按照詐騙集團的指示匯款。

  言われるままに先生の発音を真似しているうちに、少しずつ上達していった。
  按照老師所說，在模仿老師發音的過程中，漸漸地進步了。

特に何を買いたいわけではなかったが、店員に勧められるままに買ってしまった。
雖然並不是有什麼特別想買的，但還是按照店員推薦的買了。

◆ 進階跟讀挑戰

近年、若者の間で仮想通貨や株式投資などの投資が人気です。しかし、「周りに流されるままに始めて、よく知らないまま買って、損をしてしまった」という声も多く聞かれます。投資信託など、一見安全に見える商品でも、仕組みを理解していなければリスクがあります。利益の面だけではなく、リスクについてもしっかり学ぶことが大切です。専門家も「リスクを正しく理解した上で判断することが不可欠だ」と警鐘を鳴らしています。

近年來，年輕族群間虛擬貨幣或股票投資之類的投資相當有人氣。但是也經常聽到「跟隨周圍環境的動態而開始投資，還不是很了解的情況下就購買，結果虧損了」的聲音。信託基金之類，即使乍看之下似乎安全的商品，如果沒有理解運作原理就會有風險。不只收益面，確實的學習風險評估也是很重要的。專家也警告「正確理解風險之後再做出判斷是不可或缺的」。

35 〜ざるを得ない
不得不〜

◆ 文法解釋

表示除此之外別無選擇，必須這麼做。含有雖然並不想做，但因某種原由而不得不的語感。為書面用語。

◆ 常見句型

- **動詞（否定形去掉ない）＋ざるを得ない**

將動詞的否定形ない變為ざる的用法，但需注意「する」的變化為「せざるを得ない」，「来る」的變化為「来ざるを得ない」。以「Aざるを得ない」的形式，表示迫於某種原因，而違心地去做前項A的事情。

◆ 短句跟讀練習

- **動詞（否定形去掉ない）＋ざるを得ない**

彼の性格は気に入らないが、その実力と執行力は認めざるを得ない。
雖然不喜歡他的個性，但不得不認可他的實力和執行能力。

台風が近づいているので、コンサートを延期せざるを得なくなった。
因為颱風不斷靠近，所以演唱會要延期。

悪天候で欠航になったので、予定を変更せざるを得なかった。

因為惡劣天氣而班機停飛，所以不得不變更預定行程。

原材料の高騰により、価格を上げざるを得ない。

由於原料價格高漲，因此不得不調漲價格。

◆ 進階跟讀挑戰

同じレストランで修業した友人と料理大会に参加した。いつも天才と呼ばれている彼に勝ちたかったけれど、結果は実力の差を思い知らされるものだった。味も見た目も素晴らしく、正直に言って負けを認めざるを得ない。悔しかったが、その実力に心から感心し、自分ももっと腕を磨こうと決意した。

我與在同一間餐廳修業過的朋友一起參加了料理大賽。雖然想要贏過總是被稱之為天才的他，但結果卻是讓我領教到了實力的差距。不管是口味還是外觀都很驚豔，老實說，不得不認輸。雖然覺得不甘心，但由衷佩服他的實力。也下定決心要再更加磨練自己的手藝。

36 ～次第

根據～

◆ 文法解釋

表示根據事物的狀況、內容而決定或變化。用於表達某件事情的決定因素。

◆ 常見句型

❶ 名詞＋次第で

以「A次第でB」的形式，表示根據名詞A的情況，B的狀態會產生不同變化或決定。

❷ 名詞＋次第だ

用於句子結尾，以「BはA次第だ」的形式，表示B的狀態根據名詞A的內容而變化。

❸ 名詞＋次第では

以「A次第ではB」的形式，表示根據名詞A有可能出現B的結果。

◆ 短句跟讀練習

❶ 名詞＋次第で

考え方次第で気持ちが楽になる。
心情會根據思考方式而變得輕鬆。

❷ 名詞＋次第だ

ブルマーケットが続いているとは言え、どれだけ儲けられるかは資金次第だ。

雖說牛市一直持續，但能賺到多少錢取決於你有多少資金。

❸ 名詞＋次第では

明日の天候次第では、飛行機が欠航になるかもしれない。

根據明天的天氣狀況，飛機有可能停飛。

◆ 進階跟讀挑戰

　仕事で失敗が続き、自信をなくしていたとき、「何事も良いも悪いもありません。考え方次第です」という言葉に出会った。その瞬間、心が少し軽くなった。確かに、どう考えるかによって感じ方も変わる。そんな当たり前のことに、ようやく気づいたのだ。すぐに前向きにはなれなかったが、この言葉を思い出すたびに、少しずつ元気が出るようになった。

　在工作上持續失敗，丟失自信時，我與「世事無好壞之分，端看你的想法而定」這句話相遇了。在那瞬間，我的心情稍微變得輕鬆了些。確實，根據你怎麼認為的，感受也會改變。那樣理所當然的道理，我卻現在才意識到。雖然無法馬上變得正面積極，但每當我想起這句話，已經能夠一點一點點慢慢的振作起來了。

37 ～ずにはいられない／ないではいられない

不得不～

◆ 文法解釋

表示克制不住自己意志，自然地做了某事，或表達說話者內心抑制不住想做某事的心情。因為是用於表達說話人的心情，因此，用於說明第三人稱時，後項需接續「ようだ／らしい」。

◆ 常見句型

❶ 動詞（否定形去掉ない）＋ずにはいられない

表示不自覺地做出某種行動或流露某種情感。需注意「する」的變化為「せずにはいられない」。前項動詞多為表示動作或感情的動詞，為書面用語。

❷ 動詞否定型＋ではいられない

意思同「ずにはいられない」，經常用於日常口語表達。

◆ 短句跟讀練習

❶ 動詞（否定形去掉ない）＋ずにはいられない

彼(かれ)の気迫(きはく)に圧倒(あっとう)されて、謝(あやま)らずにはいられない。

被他的氣勢所壓倒，而不得不道歉。

映画の親子の別れのシーンを見て、泣かずにはいられなかった。

看了電影中父母與子女離別的場景，忍不住哭了出來。

❷ 動詞否定型＋ではいられない

彼の失礼な態度に怒らないではいられなかった。

他的沒禮貌態度，讓人不禁生氣。

彼女が元気のない様子を見ると、心配しないではいられない。

一看見她沒精神的樣子，就讓人不由得擔心起來。

◆ 進階跟讀挑戰

人生には、進路を選ぶ場面が何度もある。大学に進学するか、就職するか、悩まずにはいられないこともあるだろう。どちらが正しいかは、すぐには分からない。でも、自分の価値観を見つめ直し、納得できる選択をすることが重要だ。そして、一度決めた道は、自信を持って進もう。たとえどんな結果でも、それはきっと人生の大切な財産になるはずだ。

人生之中，有好幾次選擇人生道路方向的時刻。要繼續升學讀大學呢？還是就業呢？有時也會有讓人不由得煩惱的情況吧。無法得知哪邊是正確的道路。但是，重新審視自己的價值觀，做出自己能夠接受的選擇是很重要的。我認為相信自己所抉擇的道路並前進是很重要的。接著，一旦抉擇了的道路，就帶著自信前進吧。就算發生任何結果，那也應當會成為人生重要的財產。

38 ～済(す)み
已經～

◆ **文法解釋**

表示完結、完成。

◆ **常見句型**

- **名詞＋済(す)み**

接續名詞，表示某個動作或程序流程已經完成的狀態。「済み」單獨是唸「すみ」，但是在之前加上任何單字之後唸法會變成「ずみ」，也就是說實際上使用這個文法時基本上都會是唸「ずみ」。

◆ **短句跟讀練習**

- **名詞＋済(す)み**

使用(しよう)済(ず)みの3Dメガネは、出口(でぐち)の回収箱(かいしゅうばこ)へお戻(もど)しください。
使用完畢的3D眼鏡，請歸還回出口的回收箱。

このクーポンは利用(りよう)済(ず)みのため、再使用(さいしよう)できません。
因為這優惠券已經使用過了，所以無法再使用。

調理(ちょうり)済(ず)み食品(しょくひん)なので、忙(いそが)しい日(ひ)にも手軽(てがる)に晩(ばん)ご飯(はん)が用意(ようい)できます。
因為是調理完成食品，即使在忙碌的時候也能輕鬆地準備晚餐。

予約済みの宿泊プランの変更には、追加料金が発生する場合があります。

已經預約完成的住宿方案的變更，將可能產生追加金額。

◆ 進階跟讀挑戰

最近の冷凍食品は、味も品質もかなり高くなっている。特に加工済みの野菜や肉は、料理の手間を大きく減らしてくれる。必要な分だけ使えるので、食品ロスの心配も少ない。忙しい平日の夕食作りにぴったりだ。もちろん、自分で一から作る料理も良いが、加工済み食品を上手に活用することで、無理なく続けられる食生活になると思う。

最近的冷凍食品，味道和品質都變得相當高。特別是加工完成的蔬菜和肉類，大幅的減少了料理所需的時間和精力。因為可以只用所需的量，所以也幾乎不用擔心食物浪費。很適合用在繁忙的平日晚餐的準備。當然，自己從零開始做的料理也很棒，但透過好好地運用加工過的食品，我覺得應該能夠不超負荷地持續日常的飲食。

39 ～たいだけ
想要～的儘量

◆ 文法解釋

表示一直做某件事情直到盡興為止的句型。

◆ 常見句型

- **動詞ます形去ます形 + たいだけ + 動詞**

  前後接續同一動詞，反覆使用，表示想要做某事就做到覺得足夠為止。

◆ 短句跟讀練習

- **動詞ます形去ます形 + たいだけ + 動詞**

  たくさん用意しているから、食べたいだけ食べていいですよ。
  我準備了很多，想要吃多少就儘量吃多少沒關係唷。

  前はちょっと買いすぎると罪悪感があったけど、今は買いたいだけ買っても心が痛まない。
  以前只要稍微買太多就會有罪惡感，但現在即使想買多少就買，也不會感到心痛。

  十年ぶりの再会だから、後悔しないように、彼女に話したいだけ話してね。
  時隔10年的重逢，所以為了不感到後悔，想對她說的話就盡情地說吧。

就職前に遊びたいだけ遊んでから、本気で仕事を始めるつもりだ。

我打算到職前想先盡情地玩之後，再開始認真工作。

◆ 進階跟讀挑戰

　人は誰でも、つらいと感じる時があります。失敗したとき、大切な人との別れ、何もできない自分に落胆したときなど、その理由はさまざまです。そうした状況においては、無理に気持ちを押し殺すよりも、泣きたいだけ泣いたほうがいいと私は考えます。泣くことは決して弱さの表れではなく、自分自身を大切にするための一つの手段です。心の健康を守ることは、健やかに生きていくうえで欠かせない要素です。つらいときこそ、自分に対して少し寛容になることも必要ではないでしょうか。

　每個人都會有感到痛苦的時候。失敗之時，與重要的人分離時，對什麼都辦不到的自己感到氣餒之時等，痛苦的原因各不相同。在那樣的狀態下，與其強行將情緒扼殺，我認為不如盡情地大哭一場比較好。哭泣這件事情絕不是弱的表現，而是為了重視自身的一種方式。守護心理的健康是健全地生活下去時，不可或缺的因素。正是痛苦的時候，對自己稍微寬容一些不也是必要的嗎。

40 〜たいばかりに／が欲(ほ)しいばかりに
就是因為想〜

◆ 文法解釋

表示無論如何都想實現某件事情，而採取後項的行動。後項會接續為了達成目的，特別做的努力或做不願意的事等的內容。

◆ 常見句型

❶ 動詞ます形去ます形＋たいばかりに

前項接續強烈想要做什麼事情的內容，後項接續為此所採取的行動。表示無論如何都想〜的意思。

❷ 名詞＋が欲(ほ)しいばかりに

如前所述。

◆ 短句跟讀練習

❶ 動詞ます形去ます形＋たいばかりに

親(おや)に褒(ほ)められたいばかりに、成績(せいせき)を改(かい)ざんしてしまった
只因為想要得到父母的稱讚，就竄改了成績。

嫌(きら)われたくないばかりに、嘘(うそ)をついてしまった。
就因為不想被討厭，就說了謊。

会社を継ぎたいばかりに、罪のない人の人生を狂わせてしまう主人公を描いたドラマです。

這是一部描述主角一心想要繼承公司，而打亂無辜之人的人生的電視劇。

❷ 名詞＋が欲しいばかりに

お金が欲しいばかりに、詐欺グループに加わった。

就因為太想要錢了，就加入了詐騙集團。

◆ 進階跟讀挑戰

モデルの彼女の気を引きたいばかりに、高級な腕時計を無理して買った。しかし、彼女のまわりには高価なものを身につけた人ばかりで、それだけでは彼女の心に届かなかった。結局、残ったのは、重くのしかかるローンの返済と、浅はかだった自分への後悔だけだった。

只因為想要吸引模特兒女朋友的注意，而硬是買了高級腕錶。但是，她的周遭都是穿戴著名貴物品的人，僅憑那樣是無法傳達到她的心坎裡的。結果就只留下了沉重壓力般的貸款償還和對當初愚蠢的自己後悔不已。

隨堂考④

1 請選擇最適合填入空格的文法

1. 夜10時以降はスマホを見ない（　　　）が、つい気になって見てしまうこともある。
   1.ことにしている　　　　　2.ことにする
   3.ことか　　　　　　　　　4.ことなく

2. 一度謝ったからといって、それで許された（　　　）。
   1.ことにしている　　　　　2.ことにはならない
   3.わけがない　　　　　　　4.はずがない

3. 運命に導かれる（　　　）、この道を選んだだけです。
   1.ばかりに　　2.ままに　　3.うえに　　4.ような

4. 結果は努力（　　　）だ。自分を信じて頑張ろう。
   1.次第　　　　　　　　　　2.にとって
   3.にかかわらず　　　　　　4.にもかかわらず

5. 彼の真剣なまなざしを見ていると、応援（　　　）気持ちになる。
   1.られない　　2.ようがない　　3.せずにはいられない　　4.よう

6. このアプリは、会員（　　　）でないと使えません。
   1.登録済み　　2.済み　　3.買い済み　　4.使用済み

7. タラバガニを食べ（　　　）食べてもいいけど、あとでお腹を壊しても知らないよ。
   1.たいだけ　　2.たい　　3.だけ　　4.ても

8. 外国語の小説を読み（　　　）には、かなりの語彙力が必要だ。

　　1.こなし　　　　2.こなす　　　　3.かけ　　　　　4.かける

❷ 請選擇最適合填入空格的文法

　　外国語を習得するのは簡単ではない。私は毎日30分は必ず勉強する①（　　　）が、仕事や用事が重なって、その時間さえ確保できない日もある。教材を買っただけでは、学んだ②（　　　）。簡単な文法は理解できても、実際の会話ではうまく使い③（　　　）と感じることがある。休みの日は、日本語の映画を見て、話し④（　　　）話し、聞き④（　　　）聞いて練習している。やはり、自分の口で声に出して使ってみることが何より大切だ。試験前には、眠くても徹夜⑤（　　　）こともあった。それでもネイティブの速い会話にはついていけず、ただ聞き流すだけになってしまうこともある。悔しい気持ちはあるが、できる限り覚えていこうと思う。努力がすぐに結果につながるわけではないが、続けることで少しずつ力になると信じている。

① 1.ようなした　　　　　　　2.の
　 3.にして　　　　　　　　　4.ことにしている
② 1.になる　　2.にはなる　　3.ことにはならない　4.こと
③ 1.こなす　　2.こなせない　3.こなし　　　　　4.こなして
④ 1.て、て　　　　　　　　　2.たいだけ、たいだけ
　 3.たい、だけ　　　　　　　4.だけ、だけ
⑤ 1.ざるを得なかった　　　　2.を得ない
　 3.せざるを得る　　　　　　4.せざるを得なかった

41 ～たて／たての
剛～

◆ 文法解釋

　　表示動作剛結束不久，時間的流逝很短暫的期間（還沒經過很長時間），帶有表達事物的新鮮度或處於最新、原始的狀態的感覺，因此經常用在描述正面的事物。

◆ 常見句型

- **動詞ます形去ます形＋たて**

　　動詞去「ます」後接續「たて」，形成複合動詞，表示某個動作剛結束的狀態。修飾後項名詞時，使用「～たての」。

◆ 短句跟讀練習

- **動詞ます形去ます形＋たて／たての**

この店(みせ)では「焼(や)きたて」にこだわっているため、いつ訪(おとず)れても香(かお)り豊(ゆた)かでふわふわのパンを楽(たの)しむことができます。
由於這間店堅持提供現烤出爐，因此不論何時造訪，都能享受到香氣濃郁且蓬鬆的麵包。

母(はは)が作(つく)ってくれたできたての玉子焼(たまごや)きは、どんな料理(りょうり)よりもおいしいです。
媽媽剛做好起鍋的玉子燒，比任何料理都美味。

搾りたての新鮮な牛乳を使い、自分だけのバターを手作りする体験を楽しめる。

使用新鮮現榨的鮮乳，並能體驗手工製作自己獨有的奶油的樂趣。

生まれたての赤ちゃんの小さな手に触れたとき、親としての責任と喜びが一気に押し寄せてきた。

當我觸碰到剛出生的嬰兒那雙小小的手時，作為父母的責任與喜悅一口氣湧上心頭。

◆ 進階跟讀挑戰

友人と近郊の漁港を訪ねて、初めての船釣りを体験した。なかなか釣れなかったが、諦めずに粘った。やっと一匹釣れた時の感動は、今でも忘れられない。その場で釣りたての魚をすぐに捌いて刺身にした。食べた瞬間、その格別な美味しさに、『頑張ってよかった』と心から思った。新鮮な甘みとぷりぷりとした歯ごたえが口いっぱいに広がり、普段の市販品とは一線を画す味わいだった。

　　我與朋友一起造訪郊區的漁港，首次體驗了船釣。雖然怎麼也釣不到魚，但我們不放棄地堅持了下去。好不容易釣到一尾魚時的感動，至今仍令我難忘。我們當場將現釣的魚立刻處理製成了生魚片。入口的瞬間，對於那絕妙的美味，讓我打從心底覺得「幸好努力了」。充斥在嘴裡的鮮甜味和彈嫩口感，與平常的市售產品是不同境界的滋味。

42 ～た末（すえ）（に）
～的結果

◆ 文法解釋

　　表示經過一段長時間的努力或困難的過程，最終做出決定或得到某個結果。「に」可以省略，另外，修飾名詞時，使用「末の」。類似用法有「～あげく」，但「末に」強調經過某一個階段的最終結果，可以用在正面也可以用在負面的結果。

◆ 常見句型

❶ 動詞（た形）+ 末（すえ）（に）

　　接續動詞た形，需注意各類動詞的變化。以「A末にB」的形式，表示經過進行一段時間的A後，得到了B的結果。

❷ 名詞 + の + 末（すえ）（に）

　　名詞版本。

◆ 短句跟讀練習

❶ 動詞（た形）+ 末（すえ）（に）

長（なが）い間（あいだ）悩（なや）んだ末（すえ）、彼（かれ）は会社（かいしゃ）を辞（や）めて留学（りゅうがく）することにしました。
經過長時間的苦惱，他決定辭職後去留學。

彼（かれ）は高校三年間（こうこうさんねんかん）、頑張（がんば）って勉強（べんきょう）した末（すえ）に、医学部（いがくぶ）に合格（ごうかく）した。
他在高中三年間努力學習後，考上醫學系。

その貨物車は約500メートル暴走した末に、飲食店に突っ込んでようやく止まった。

那輛貨車狂奔了約500公尺後，衝進餐飲店後終於停了下來。

❷ 名詞＋の＋末（に）

彼は何度も入退院を繰り返し、5年間の闘病生活の末に亡くなった。

他經歷了多次的住院與出院，與疾病抗爭了5年，最後還是離世了。

◆ 進階跟讀挑戰

父が経営していた老舗は、数年前に経営不振に陥った。私は家業を継ぐことを決意したが、経験も知識も足りず、毎日が試練の連続だった。それでも諦めず、地元の人たちとの信頼関係を築くとともに、店舗経営の見直しや業態の転換を行った。山ほどの困難を乗り越えた末に、店は少しずつ活気を取り戻し、売上の回復にもつながった。今では、地域に愛される店として新たなスタートを切っている。

父親所經營的老店，數年前陷入了經營不善的地步。雖然我下定決心要繼承家業，但不管是經驗還是知識都不夠充足，每天都是接連不斷的試煉。儘管如此，我也沒有放棄，而是與當地居民建立信賴關係的同時，重新檢討店鋪的經營管理和轉換營運模式。克服堆積如山的困難後，店鋪慢慢地恢復了活力，也牽動了營業額的回昇。如今，我們以深受當地所喜愛的店舖而重新開始。

43 ～たところが
～之後結果卻～

◆ 文法解釋
表示逆接的用法，表達結果與預想、期待的內容相反。

◆ 常見句型

- 動詞（た形）+ ところが

    表示做了某件事情，但發生意料之外的結果，需注意各類動詞的「た形」變化。

◆ 短句跟讀練習

- 動詞（た形）+ ところが

    良かれと思って手伝ったところが、かえって迷惑をかけてしまった。
    想説希望事情順利而幫了忙後，卻反而給人添麻煩了。

    親切のつもりで道を教えたところが、間違った方向を伝えてしまった。
    出於好意的指引了路，但卻傳達了錯誤的方向。

    高級車を買ったところが、まさかの事故で壊れてしまった。
    買了豪車後，竟因為意料之外的事故而壞掉了。

風邪で薬を飲んだところが、ますます症状がひどくなり、咳が止まらなくなった。

感冒吃了藥之後，症狀反而變得更加嚴重，咳嗽咳個不停。

◆ 進階跟讀挑戰

駅前で、後ろ姿がよく似ている人を見かけた。友達だと思って、ためらわずに声をかけたところが、全く知らない人で、相手に不思議そうな顔をされた。恥ずかしくて、その場から逃げるように立ち去ったが、あとで思い出して一人で笑ってしまった。恥ずかしい出来事だが、前向きに考えれば、これも何かの縁かもしれない。

在車站前，偶然看到了背影十分相似的人。以為是朋友，我豪不遲疑的開口打了招呼後，但對方露出了一臉不可思議的表情。因為很丟臉，我像是從現場逃跑一樣的離開，但事後回想起來，我獨自一人忍不住笑了出來。雖然是一件丟臉的事情，但正向地思考的話，這也許也是某種緣份也說不定。

44 〜たまま／たままに／たままを

維持〜的狀態

◆ 文法解釋

表示不去改變某件事物的狀態，使同一狀態一直持續。

◆ 常見句型

❶ 動詞（た形）＋まま

表示在某個動作持續的狀態下，進行下一個動作。需注意各類動詞的「た形」變化。

❷ 動詞（た形）＋ままに／たままを

表示將某種狀態不加改變，維持原樣地去做某件事的意思。

◆ 短句跟讀練習

❶ 動詞（た形）＋まま

あまりにも疲れたので、彼は制服を着たまま寝ました。

因為太累了，他穿著制服就睡著了。

❷ 動詞（た形）＋ままに／ままを

彼は風景を見たままに絵を描いた。

他按所看到的景色作畫。

あそこで見たままを言ってください。
請把在那裡所看到的說出來。

◆ 進階跟讀挑戰

　ピアノは、心のままに音を表現することで、想像力を育むことができる楽器である。楽譜通りに演奏するのも楽しいが、ときどき感じたままに即興演奏することも面白い。特に小さな子供がピアノを弾くときは、まだ楽譜は読めなくても、自由に好きな音を見つけ、自分だけのメロディーを作るのだ。その姿はとても楽しそうで、大人には真似できないような自由な発想にあふれている。

　鋼琴是透過按照心中所想去演奏音樂，而能夠培育想像力的樂器。按照樂譜演奏也很開心，但有時按照所感受的來即興演奏也很有趣。尤其是小小孩彈奏鋼琴時，就算還不會看譜，也能自由地找到喜歡的聲音，創作出自己獨有的旋律。那個身姿看起來非常的開心，滿溢著連成年人都無法模仿般的自由的創造力。

45 〜たものだ
曾經〜

◆ 文法解釋

　　表示回憶過去，回想起過去的狀態或經常發生的事情，帶著充滿懷念的情感敘述時的表達方式。另外，因為是懷念過去習慣性常做的事，因此不使用在只做過一次或不常做的事情上

◆ 常見句型

- **動詞（た形）＋ものだ**

　　以「Aたものだ」的形式，回憶過去常做的某個動作A，由於是回憶過去，所以使用過去式的「た形」，需注意各類動詞的「た形」變化。

◆ 短句跟讀練習

- **動詞（た形）＋ものだ**

子どもの頃は、よく近所の友達と公園で鬼ごっこを遊んだものだ。

以前小時候，常常和附近的朋友一起在公園玩鬼抓人。

10年前フランスに留学した時は、よく夕方にルーブル美術館の周辺を散歩したものだ。

猶記得10年前在法國留學的時候，我經常傍晚時，在羅浮宮美術館周邊散步。

学生時代は、夜遅くまで友達と図書館で勉強したものだ。

想當年學生的時候，我常常直到深夜都和朋友在圖書館念書。

弟とは昔よくケンカしたものだ。

我和弟弟以前總是吵架。

◆ 進階跟讀挑戰

大学時代、よく近くの教会で外国人の留学生と言語交換をしていたものだ。私は中国語を教える代わりに、日本語を教えてもらっていた。最初はうまく話せなかったが、毎週続けるうちに、少しずつ自信がついてきた。言語交換を通じて、お互いの国の文化や食べ物の習慣も学ぶことができ、それは私にとって、貴重で忘れられない思い出です。

以前大學的時候，都會在學校附近的教會與外國留學生進行語言交換呢。作為我教日文的交換，教了我日文。剛開始雖然無法說出流利的日文，但每周持續的過程中，漸漸地獲得了自信。透過語言交換，也能互相學習彼此國家的文化和飲食習慣，對我來說，那成為了我珍貴且難以忘懷的回憶。

46 ～だけに
正因為～才～

🔷 文法解釋

表示原因、理由。說明因為某原因，而產生某必然的結果。

🔷 常見句型

❶ 動詞（普通形）＋だけに

以「AだけにB」的形式，表示由於前項的事情A而理所當然的導致B狀況。也可用於與願望相反，得到不好結果時。表示結果B與預想相反，經常搭配「かえって」一起使用。重點在於強調前項A。

❷ イ形容詞（普通形）＋だけに

い形容詞版本。

❸ ナ形容詞（普通形）＋だけに

ナ形容詞版本，但現在肯定形時，接續為「ナ形容詞なだけに」或「ナ形容詞であるだけに」。

❹ 名詞（普通形）＋だけに

名詞版本，但現在肯定形時，接續不加「だ」，而是「名詞だけに」或「名詞であるだけに」。

🔷 短句跟讀練習

① 動詞（普通形）＋だけに

彼女は高校時代からアメリカに留学しただけに、英語が流暢だ。正因為她從高中的時候就去了美國留學，所以英文很流利。

② イ形容詞（普通形）＋だけに

若いだけに、徹夜をしても次の日には元気に授業を受けられる。正因為年輕，即使熬了整夜，隔天就能精神奕奕地去上課。

③ ナ形容詞（普通形）＋だけに

このドラマは出演者が有名なだけに、かえって期待が高まりすぎだ。正因為這部電視劇的演出人員很有名，反而讓人期待過高。

④ 名詞（普通形）＋だけに

連休だけに、観光地はどこも人でいっぱいだ。
正因為是連續假期，觀光勝地不論是哪都擠滿人。

🔷 進階跟讀挑戰

　フリーランスは、場所に縛られず自由に働けるのが魅力だ。但し、フリーランスだけに、仕事が途切れると収入面で不安になることもある。

　自由工作者的魅力，在於不受場地限制，可以自由地工作。但是，正因為是自由工作者，一旦工作中斷，收入方面也會讓人感到不安。

47 ～だけ～て
盡可能～

◆ 文法解釋

表示程度的句型，盡最大的程度做某件事。

◆ 常見句型

- **動詞（可能形）＋だけ＋動詞**

  接續動詞可能形，並重複同一動詞，表示盡最大可能去做某件事。需注意各類動詞的可能形變化。

◆ 短句跟讀練習

- **動詞（可能形）＋だけ＋動詞**

  彼(かれ)は親友(しんゆう)から借(か)りられるだけお金(かね)を借(か)りて、株(かぶ)に投資(とうし)した。
  他從親朋好友最大限度地借了錢投資了股票。

  最後(さいご)までやり遂(と)げるかどうかわからないけど、頑張(がんば)れるだけ頑張(がんば)ってみます。
  雖然不曉得是不是能堅持到最後，但能堅持多久就堅持多久。

  彼(かれ)は大食(おおぐ)い大会(たいかい)で肉(にく)を食(た)べるだけ食(た)べてしまい、動(うご)けなくなった。
  他在大胃王比賽能吃的肉盡量吃了，結果撐得動不了。

楽な道じゃないけど、ここまで頑張ってきたんだ。だからこそ、行けるだけ行ってみよう。

雖然不是一條輕鬆的路，但已經努力到這裡了。正因如此，我能走到哪就走到哪。

◆ 進階跟讀挑戰

試験が近づくにつれ、少しでも得点につなげようと、解けるだけ過去問を解いている。時間は限られているが、理解が不十分な部分は動画で復習し、覚えられるだけ覚えておこうと励んでいる。結果がどうであっても、「やれるだけやってきた」と胸を張れるよう、今はとにかく学習に集中している。

隨著考試的臨近，為了盡可能的拿到分數，我盡可能地解考古題。雖然時間有限，但對於理解還不充分的部分，我會透過影片來複習，並努力能記住多少就記多少。無論結果如何，為了能挺起胸膛地說「我能做的都做了」，總之現在就是專注在學習上。

48 ～だけあって
正因為～

🔷 文法解釋

表示原因、理由的句型。用於說明因為某種原因、理由，所以發生與其相稱的結果也是理所當然的。經常用於對某人或某物與其相稱的結果、能力等表達高度評價。

🔷 常見句型

❶ 動詞（普通形）＋だけあって

以「AだけあってB」的形式，表示正因為有前項A的行為，所以發生與其相稱、符合期待的結果B。前項A接續表示其所處地位、特性、所做的努力、所經歷過的事等句子，後項B接續表示對其結果、能力的正面評價，經常用於說話者對於結果感到佩服或給予稱讚時，重點在於後項的B。

❷ イ形容詞（普通形）＋だけあって

い形容詞版本。

❸ ナ形容詞（普通形）＋だけあって

ナ形容詞版本，但現在肯定形時，接續為「ナ形容詞な／であるだけあって」。

❹ 名詞（普通形）＋だけあって

名詞版本，但現在肯定形時，接續為「名詞去掉だ／であるだけあって」。

◆ 短句跟讀練習

❶ 動詞（普通形）＋だけあって

彼女は幼稚園の先生をしているだけあって、子供をなだめるのが得意だ。她不愧職業是幼稚園的老師，非常擅長安撫孩子。

❷ イ形容詞（普通形）＋だけあって

彼は頭がいいだけあって、物事に対する洞察力が鋭い。
他不愧是頭腦聰明，對事物的洞察力很敏銳。

❸ ナ形容詞（普通形）＋だけあって

このブランドコートは高価なだけあって、とても着心地がいいです。這件名牌大衣正因為價格昂貴，穿起來非常舒適。

❹ 名詞（普通形）＋だけあって

シェフは料理大会の優勝者だけあって、料理は驚くほどおいしいです。主廚不愧是料理大賽的冠軍，料理好吃得令人驚嘆。

◆ 進階跟讀挑戰

彼は元UFCの選手だけあって、厳しい競技条件の中でも余裕を見せている。また、身体の協調性や爆発力も抜群で、優勝の有力候補と目されているのも納得だ。

　他不愧是前UFC的選手，即便在嚴苛的競技條件之下，也展現出游刃有餘的樣子。此外，身體的協調性和爆發力也出類拔萃，被視為優勝的強力候補也確實令人贊同。

49 〜だけの
價值〜的

◆ 文法解釋

表示程度。表達做某件事所需的能力程度或符合相應的資格、價值。

◆ 常見句型

- **動詞（辭書形）＋だけの＋名詞**

  以「AだけのB」的形式，表示足以做某件事情的能力或東西。前項A接續動詞辭書形，後項B為名詞。

◆ 短句跟讀練習

- **動詞（辭書形）＋だけの＋名詞**

  「インターステラー」は時間をかけてでも見るだけの価値がある映画だ。
  「星際效應」是即使要花時間，也具有值得一看價值的電影。

  財布を落としてしまい、家に帰るだけの金もなかった。
  不小心掉了錢包，連能夠回家的錢都沒有。

  夢を叶えるまで、頑張り続けるだけの力が欲しい。
  想要擁有直到夢想成真為止，能夠持續堅持下去的力量。

オーストラリアにワーキング・ホリデーに行きたいが、あそこで暮らすだけの語学力が不足している。

雖然想要前往澳大利亞打工遊學，但不具備在那生活的語文能力。

◆ 進階跟讀挑戰

　人に認められるためには、信頼されるだけの行動が必要だと思う。言葉では何とでも言えるが、実際にどんな行動を取るかが大切だ。約束を守る、責任を果たすといった基本的なことを積み重ねてこそ、自然と周囲からの信頼が得られるのだと思う。信頼は一日で得られるものではなく、日々の積み重ねによって築かれるものだ。

　為了要獲得人們的認可，我認為需要有足以被信賴的行動。如果是話語的話，怎麼也都能說，而實際上會採取怎樣的行動才是重要的。我認為只有不斷累積像是遵守約定，履行責任之類基本的事情，才能自然而然地獲得來自周圍的信賴。信賴並不是一天就能得到的，而是透過日積月累所建立起來的事情。

50 ～だけのことだ
只是～而已

◆ 文法解釋

強調事態的解決只有這個方法，或沒什麼大不了的意思。經常用於表達說話者覺得沒什麼大問題，帶有樂觀心情的語感。

◆ 常見句型

① 動詞（普通形）+ だけのことだ

以「Aだけのことだ」的形式，強調只要進行動作A的話，事情就能輕易解決，表示某件事情的解決方式只是～而已的意思。

② 動詞（條件形）+ いい + だけのことだ

接續動詞條件形，表示只要這麼就可以。

③ 句子 + という + だけのことだ

名詞修飾型版本。

◆ 短句跟讀練習

① 動詞（普通形）+ だけのことだ

いやなら無理に自分から言う必要はない。聞かれたら答えるだけのことだよ。

如果不想，沒有必要勉強自己主動說，如果問了再回答就好了。

ほめられるようなことじゃないよ。私は当然のことをしただけのことだ。
並不是什麼值得被稱讚的事情喔。我就只是做了應該做的事情而已。

❷ 動詞（條件形）＋いい＋だけのことだ

性格が合わないなら、距離を置けばいいだけのことだ。
要是個性不和，就只要保持距離就好了。

❸ 句子＋という＋だけのことだ

試合に勝てたのは、相手のミスが多かったというだけのことだ。
之所以贏得比賽，也不過就是因為對方的失誤很多而已。

🔷 進階跟讀挑戰

　SNSの普及によって、誰もが自由に意見を発信できるようになった一方で、相手への配慮に欠けた発言が問題となっている。「ただ、思ったことを言っただけのことだ」と発言を正当化する声もあるが、言葉が相手に与える影響を軽視してはならない。意見を述べる際には、相手の立場や気持ちを考える姿勢が不可欠であり、それが良好なコミュニケーションと信頼関係の基礎となるのだ。

　由於社群媒體平台的普及，變得誰都可以自由的發送意見了。但同時，目前正面臨著缺乏顧慮對方感受的發言問題。雖然也有用「就只是把想到的事情說出來而已」，將發言正當化的說法，但我們不該輕視言語為對方帶來的影響。講述意見時，考慮對方的立場和心情的態度是不可或缺的，那將成為良性的溝通和信賴關係的基礎。

隨堂考⑤

1 請選擇最適合填入空格的文法

1. 犯行現場で見た（____）素直に述べればいいです。
　　1.もも　　　　2.ままを　　　3.まま　　　　4.に

2. （____）で湯気を立てるコーヒーの香りが、部屋いっぱいに広がっている。
　　1.はいってたて　2.はいりたて　3.いれたて　　4.いりたて

3. 学生時代は、毎晩遅くまで友達と語り合った（____）。
　　1.ことだ　　　2.たらしい　　3.ものだ　　　4.つもりだ

4. 言いたい（____）言って、少しは気がすんだ。
　　1.だけを　　　2.だけ　　　　3.だけで　　　4.だけって

5. 今回展示された作品は、美術館まで足を運んで見る（____）価値がある。
　　1.ような　　　2.によって　　3.ほどで　　　4.だけの

6. 特別なことをしたわけではない。自分にできることをした（____）。
　　1.だけのことだ　2.とたんだ　3.わけではない　4.分だけ

7. 何度も書直した（____）、やっと作品が完成しました。
　　1.末に　　　　2.たら　　　　3.うえに　　　4.あと

8. さすがはプロの料理人（　　　）、料理の腕前が違う。

　　1.だけあって　2.だけでなく　3.にしても　4.だけ

❷ 請選擇最適合填入空格的文法

　初めてのアルバイトはパン屋だった。焼き①（　　　）のパンを運ぶだけでも戸惑うほどで、接客を覚えるのにも必死だった。緊張と失敗を繰り返した②（　　　）、ようやく一人で任されるようになったのは嬉しかった。最初のころはよく失敗して、先輩に注意され③（　　　）。初めての仕事だったからこそ、不安も大きかったが、それでも、自分なりにやれる④（　　　）やってみたという実感が強く残っている。今思えば、少し勇気を出せばできた。ただそれ⑤（　　　）のかもしれない。

① 1.たて　　　　2.で　　　　　3.な　　　　　4.だ

② 1.末　　　　　2.未　　　　　3.末だ　　　　4.末で

③ 1.てだ　　　　2.たものだ　　3.ものだ　　　4.ものの

④ 1.だけこと　　2.の　　　　　3.だけ　　　　4.だけに

⑤ 1.だけのことだ　　　　　　　2.だけのことた
　 3.だけ　　　　　　　　　　　4.だけのことだった

51 ～だけのことはある
不愧是～

◆ 文法解釋

意思與「だけあって」相同，但「だけのことはある」會用於句尾。表達因為某個原因，而發生與其相稱的結果與情況。經常用於稱讚，對於這樣的結果帶有感到理解、認同及欽佩的心情。

◆ 常見句型

- **動詞／イ形容詞／ナ形容詞／名詞（普通形）＋だけのことはある**

　　以「Aだけのことはある」的形式，給予結果A的高度評價，表示因為某個原因，所以不愧有A這樣的結果。另外，需注意ナ形容詞及名詞為現在肯定形時，接續分別為「ナ形容詞な／であるだけのことはある」及「名詞だけのことはある」。

◆ 短句跟讀練習

- **動詞／イ形容詞／ナ形容詞／名詞（普通形）＋だけのことはある**

　　焼きたてでジューシーなハンバーグは、白ごはんとの相性も抜群。本当に美味しくて、確かに行列ができているだけのことはある。
　　現煎多汁的漢堡排與白飯完美契合。真的是非常好吃，果然不愧是大排長龍的店。

さすが5つ星だけのことはあって、サービスが行き届いていて、評価も高い。

真不愧是5星飯店，服務無微不至且評價也很高。

この懐石料理は、高いだけのことはある。味はもちろん、四季の移ろいを感じさせる一皿だ。

到底不愧是價格不斐的懷石料理。味道自不用說，還是一道讓人感受到四季更迭的料理。

彼女の演奏は素晴らしかった。さすが有名なプロのピアニストだけのことはある、

她的演奏非常精彩。真不愧是有名的鋼琴演奏家。

◆ 進階跟讀挑戰

最近、クロワッサンが人気で、専門店も増えてきています。その中でも、友人におすすめされたこの店は、いつも行列ができています。厳選された北海道産の小麦粉、発酵バター、天然酵母を使い、職人が一つ一つ丁寧に折り込み、美しい三日月形に焼き上げています。これだけの味と品質を考えれば、行列ができるのも納得できるだけのことはあると思います。

　　最近，可頌麵包很受歡迎歡迎，專賣店也逐漸增加。其中，這家朋友推薦的店總是大排長龍。使用嚴選的北海道產的小麥粉、發酵奶油、天然酵母，由職人一個一個地細心折疊，再烤製成漂亮的三日月形。考慮這美味和品質，排隊人潮如此之多，我認為完全可以理解。

52 ～ついでに
順便～

◆ 文法解釋

表示在做某件主要事情的同時，順便做另一件事。

◆ 常見句型

❶ 動詞（普通形）＋ついでに

以「Aついでに B」的形式，前項動作A為主要目的，後項動作B為附隨、順便做的事情。表示利用做～的機會，順便～的意思。

❷ 名詞 の ＋ ついでに

名詞版本，但僅限於接續表示某種活動意思的動作性名詞。

◆ 短句跟讀練習

❶ 動詞（普通形）＋ついでに

シャワーを浴びるついでに、お風呂も掃除しました。
我淋浴時順便也打掃了浴室。

銀行へ行くついでに、コンビニでコーヒーを買った。
去銀行的時候，順便在超商買了咖啡。

❷ 名詞の ＋ ついでに

出張のついでに、少し観光して、地元の名物を食べた。

出差時，順便稍微地觀光和品嘗了一下當地的名產。

散歩のついでに、ペットショップでブリティッシュショートヘアーを覗いてみた。

散步時，順道在寵物店看了一眼英國短毛貓。

◆ 進階跟讀挑戰

人は時に、自分でも予想しないような決断を下すことがある。先日耳にした友人の話も、その好例だった。「美奈ちゃん、散歩のついでにマンションを買ってしまったらしいよ。」その言葉を聞いたとき、私は思わず「普通、そんな決断はできないよ」と声を漏らした。だが、それは彼女ならではの個性が現れた一面だとも言える。慎重に物事を進める私にとって、その大胆さはどこかまぶしく、うらやましくさえ感じられた。考えすぎて足がすくむ自分とは対照的な存在だからこそ、なおさら惹かれてしまうのかもしれない。

　　人有時候會做出連自己都意想不到的決定。前幾天聽到的朋友的話，也正好就是一個好例子。「聽說美奈居然在散步時，順便買了一棟公寓呢！」，聽到那句話時，我不由得說出「一般人根本做不到那種決定啊」。但是，那也可以是只有她才有的特質所流露出的一面。對於謹慎行事的我來說，那份膽量不知怎的很耀眼，甚至讓人感到羨慕。正因為是與顧慮太多而動彈不得的我是正相反的存在，也許才會更加地被深深吸引。

53 ～っこない
絶不可能～

◆ 文法解釋

對於某件事物發生的可能性表示強烈否定。基本上用於與關係親近對象間的對話，是比較口語形式的表達。

◆ 常見句型

- **動詞ます形去ます形＋っこない**

以「Aっこない」的形式，表達說話者認為前項A的內容絕對不可能做到。

◆ 短句跟讀練習

- **動詞ます形去ます形＋っこない**

こんな短時間で、一人で全部やりきれっこないよ。
這麼短時間，一個人絕對做不完啊。

難しい数式を使わないと解けない問題だから、小学生は解けっこないよ。
不帶入複雜的數學公式就解不出來的問題，小學生絕不可能解出來啊。

そんなこと、できっこないってば。本気で言ってるの？
就說那樣的事，根本不可能做到。你現在是認真的嗎？

あのチームは3年連続(ねんれんぞく)で優勝(ゆうしょう)しているよ。勝(か)てっこないでしょ。

那支隊伍可是連續3連獲得優勝喔。絕對贏不了吧。

◆ 進階跟讀挑戰

あのとき、なぜあんなことを言(い)ってしまったのか。いまだに自分(じぶん)でも、はっきりとはわからない。しかし、どれだけ後悔(こうかい)しても、過去(かこ)は変(か)えられない。どんなに謝(あやま)ったところで、時間(じかん)を巻(ま)き戻(もど)すことはできない。人生(じんせい)はやり直(なお)しできっこない。だからこそ、いつまでも過去(かこ)に心(こころ)を奪(うば)われていても意味(いみ)はない。前(まえ)を向(む)いて生(い)きていくしかないのだ。

那個時候，為什麼我會說了那樣的話呢？直到現在我自己也仍不是十分明瞭。但是，不論有多麼後悔，過去是無法改變的。即便再怎麼道歉，時間也無法倒轉。人生是絕對沒辦法重頭再來的。正因如此，永遠地沉浸在過去是沒有意義的。我們只能向前看，繼續生活下去。

54 〜つつ
一邊〜一邊〜

◆ 文法解釋

表示某一件事情進行時，同時進行另一件事，較生硬的表達方式，一般用於書面場合。

◆ 常見句型

- **動詞ます形去ます形 + つつ**

以「AつつB」的形式，表示進行動作A的時候，同時進行動作B，兩個動作都是同一主語。

◆ 短句跟讀練習

- **動詞 ます形去ます形 + つつ**

静かな海を眺めつつ、コーヒーをすすり、心の中を少しずつ整理していった。
我一面眺望著寧靜的大海，一面啜飲著咖啡，一點一點地整理內心的思緒。

彼は夕暮れの道を歩きつつ、自分の選択が正しかったのかを振り返っていた。
他一邊走在黃昏時分的街道上，一邊不斷地回想自己的選擇真是正確的嗎。

彼は大学に通いつつ、俳優になる夢を追いかけている。
他一邊念大學，一邊追逐成為演員的夢想。

彼女は奇跡が起こることを祈りつつ、手を合わせて、空を見上げていた。

她祈求著奇蹟發生的同時，雙手合十，仰望著天空。

◆ 進階跟讀挑戰

　　最近では、「和」と「モダン」が融合した空間デザインに、特に魅力を感じています。たとえば、和の趣を残しつつ現代的な要素を取り入れたカフェやホテルには、日本文化の奥ゆかしさと現代のライフスタイルが調和しています。そのような空間は静かで落ち着きがあり、ゆったりとした時間が流れるため、長時間過ごしても疲れを感じません。伝統と現代が静かに共存するその雰囲気は、今の日本らしい美しさの象徴ともいえ、自然と心を穏やかにしてくれる魅力があります。

　　最近的時候，我對「和風」與「現代風」融合的空間設計特別感受到其魅力。例如，在保留了和風韻味的同時，融入了現代風元素的咖啡廳和飯店之中，呈現出日本文化的雅緻和現代生活風格的相互調和狀態。那樣的空間靜謐而沉穩，且因為緩慢悠閒的時間流逝，即使待很長的時間也不會感受到疲憊。傳統與現代靜靜地共存著的那種氛圍，可以說是具有現下日本特色的美感象徵，有著能自然地讓內心歸於平靜的魅力。

55 〜つつ（も）
雖然〜卻〜

◆ 文法解釋

表示逆接的句型。用於連接兩個相反的事物，經常用於表達內心所想與行動相反的情況。「つつも」有強調逆接的語感，「も」也可以省略。

◆ 常見句型

- **動詞ます形去ます形＋つつ（も）**
  表示做某件事情的時候，但同時存在與行動不符的心理活動或行為。

◆ 短句跟讀練習

- **動詞ます形去ます形＋つつ（も）**

  悪いと知りつつも、彼を騙してしまった。
  雖然知道不對，但還是騙了他。

  彼の話に動揺しつつも、彼女はその感情を表には出さなかった。
  儘管因為他的話語而感到動搖，但她並未將那份情緒表露出來。

  勉強しなければいけないと思いつつ、ついスマホをいじってゲームをしてしまう。
  雖然想著要好好學習，但還是忍不住滑手機玩遊戲。

彼女は痩せたいと言いつつ、運動もせず、食事もコントロールしていない。

她雖然總説著想要瘦下來，但卻既不運動，也不控制飲食。。

◆ 進階跟讀挑戰

　人は、たとえそれが本当でなくても、優しい言葉に救われることがある。「あなたなら大丈夫」と言われても、その言葉は軽すぎて、信じるには少し弱い。それでも、その言葉は嘘と知りつつも、ほんの少しだけ救われた気がした。言葉の力とは、不思議なものだ。ときに、たった一言の優しい言葉が、真実よりも心に深く響くことがある。その一言が誰かの心をそっと支える力があるのかもしれない。

　即是那並不是真的，人們有時候仍會被溫柔的話語救贖。縱使被告知「你一定沒問題」，那句話實在太輕率，要相信還是有點薄弱。即便如此，雖然知道那句話是謊言，但還是感到被稍微救贖了一點。言語的力量真是不可思議呢。有時候，僅僅只是一句溫柔的話語，但卻比真實還深深地打動人心。那句溫柔的話，也許有著默默地支撐某個人的心靈的力量。

56 ～つつある
正在～

◆ 文法解釋

表示某個動作或狀態正朝著某一方向進展。主要用於書面場合。

◆ 常見句型

- **動詞ます形去ます形＋つつある**

    接續含有變化意思的動詞，表示變化持續進行。另外，若接續「死ぬ（死）」、「終わる（結束）」、「消える（消失）」等表示瞬間變化的動詞一起使用，則表示朝著變化完成方向前進的意思。

◆ 短句跟讀練習

- **動詞ます形去ます形＋つつある**

    輸入コストの増加により、物価が上がりつつあり、インフレーションの兆しが見えてきた。

    由於進口成本的增加，物價正在逐漸上漲，通貨膨脹的跡象開始出現了。

    近年、若年層における働き方に対する意識は徐々に変化しつつある。

    近年來，在年輕世代中對於工作方式的認知正在逐步地改變。

手術を受けて半年休んで以来、彼の体調は順調に回復しつつある。

自從動完手術後休息了半年，他的身體狀況正在順利地逐漸恢復。

若者が村を離れて都会に移り住んでいるため、この村にある伝統文化は消えつつある。

因為年輕人離開村落並移居至都市，這座村莊獨有的傳統文化正在消失。

◆ 進階跟讀挑戰

　　イギリスでの生活も、もう3か月目に入った。海外の暮らしには少しずつ慣れつつあるけれど、やっぱり母国の食べ物が恋しくなる。特に、母が作ってくれた味噌汁、焼き魚、卵焼きが食べたくてたまらない。スーパーに日本食コーナーはあるものの、値段は高いし、品数も限られている。それに、本格的な日本の味を求めてレストランに行ってみることもあるが、やっぱり実家の味とはどこか違う。あの味が恋しくなるたびに、家族のぬくもりをふと思い出す。

　　在英國的生活也已經進入第三個月了。雖然國外的生活已經開始一點一點地逐漸適應，但果然還是會想念母國的食物。特別是母親做的味噌湯和烤魚、玉子燒，想吃的不得了。雖然超市裡有日本料理區，但價格既貴，品項也有限。而且，雖然也有為了找尋正宗的日本味而試著去餐廳的時候，但仍然還是覺得和老家的味道有哪裡不太一樣。每當我思念起那個味道時，就會不經意地懷念起家人的溫情。

57 ～っぽい
感覺像～

◆ 文法解釋

表示有某種感覺或傾向。用於形容事物具有某種特質或傾向。基本上用於帶有負面印象的場合。

◆ 常見句型

❶ 名詞／イ形容詞＋っぽい

接續名詞，表示人或事物，實際上不是，卻帶有這種感覺或這種傾向；另外，也可用於表示人或事物，帶有很多的某種特性，感覺很接近於某種性質的意思。需注意，可接續的イ形容詞只有「安っぽい（廉價的）」、「粗っぽい（粗魯的）」等部分特定，且接續時不加「い」。

❷ 動詞ます形去ます形＋っぽい

動詞版本，表示人的特質，感覺容易有這一傾向。

◆ 短句跟讀練習

❶ 名詞／イ形容詞＋っぽい

彼は30歳なのに、ときどき子供っぽい話をする。
他明明已經30歲，但偶而會說些孩子氣的話。

彼はいつも白っぽい服を着ていて、ひとり静かに部屋の隅に座っているのだった。

他總是穿著發白的衣服，一個人靜靜地坐在房間的角落裡。

ネックレスのデザインは可愛いけど、素材のせいでちょっと安っぽく見える。

項鍊的設計雖然很可愛，但大概是因為材質的關係看起來有點廉價。

❷ 動詞ます形去ます形＋っぽい

年を取って忘れっぽくなったので、スケジュールは全部スマホに入力しています。

因為年紀大了變得容易忘記事情，所以將全部的行程安排都輸入到手機裡。

◆ 進階跟讀挑戰

今日は初めてのデートだったので、春っぽくて柔らかい印象の服を選んだ。淡いピンクのワンピースに、白いカーディガンを合わせたら、鏡に映った自分が少し大人っぽく見えた。相手も「春らしくてかわいいね」と言ってくれて、嬉しかった。服選びが良かったおかげで、楽しい一日を過ごすことができた。

因為今天是初次的約會，所以我選了像春天氣息般柔和印象的衣服。如果將淺粉色的連身裙搭配上白色開襟外套的話，鏡子裡映照的自己看起來稍微比較成熟一點。聽到對方也說「很有春天的感覺，很可愛呢」，讓我很開心。多虧選對了衣服，讓我度過了愉快的一天。

58 ～つもりで
打算～

◆ 文法解釋

用於表達說話者帶著強烈決心或意志去做某件事情。

◆ 常見句型

- 動詞（辭書形）＋つもりで

  使用「Aつもりで」的形式，表示以A這樣一個意圖去做某件事情，打算～的意思。

◆ 短句跟讀練習

- 動詞（辭書形）＋つもりで

  今日限りでやめるつもりで、上司に相談した。
  做好了今天就辭職的打算，去和主管商談了。

  卒業後、海外で働くつもりで、今は英語の勉強を頑張っています。
  做好了畢業後在國外工作的打算，現在正努力於學英文。

  彼と別れるつもりで、冷戦中の彼に電話をかけた。
  想好了要與他分手，而打電話過去給冷戰中的他。

次の大会で勝つつもりで、毎日必死に練習を積んできた。

下定決心要在下次的大賽中得勝，打算每天拼命一直反覆練習。

◆ 進階跟讀挑戰

　世界記録を破るつもりで、毎日厳しいトレーニングに励んできた。何度も心が折れそうになったが、そのたびに目標を思い出し、自分を奮い立たせてきた。本番の試合では、これまで積み重ねてきた努力をすべて出し切りたい。結果がどうであれ、悔いのないように全力で挑むつもりだ。

　我抱著要打破世界紀錄的決心，打算堅持天天進行嚴格的訓練。雖然曾無數次感到快要心灰意冷，但每當那個時刻，我就會重新想起自己的目標，並鼓舞激勵自己繼續努力下去。在正式比賽中，我想要將至今所累積的努力全數使出。無論結果如何，我都打算為了不留下遺憾，全力以赴地挑戰。

59 ～つもりで
就當作是～

◇ 文法解釋

表示雖然實際上不是這樣，但就當作是那樣去做某件事。「死んだつもりで」是慣用的表現方式，用於表達強烈的決心。

◇ 常見句型

- **動詞（た形）＋つもりで**

  以「Aたつもりで」的形式，表示以行為A為前提，並當作是那樣的狀態，去做後項的事情。

◇ 短句跟讀練習

- **動詞（た形）＋つもりで**

  ケーキを食（た）べたつもりで、その分（ぶん）のお金（かね）を貯金（ちょきん）した。
  就當是吃蛋糕，把那金額的錢存了起來。

  騙（だま）されたつもりで使（つか）ってみてください。本当（ほんとう）に効果（こうか）がありますよ。
  請當作被騙試用看看，真的很有效唷。

  死（し）んだつもりで頑張（がんば）れば、きっと何（なに）かが変（か）わる。
  就當誓死努力的話，肯定有什麼會改變。

現地に行ったつもりでパンフレットを見るだけでワクワクする。

當作去當地旅行，光是看著手冊就覺得興奮。

◆ 進階跟讀挑戰

夢を追い続ける意味を見失いかけたとき、十年後の自分になったつもりで考えてみた。「あきらめなくてよかった」と思えているだろうか。それとも、「もう少しがんばっていれば」と後悔しているだろうか。未来の自分の笑顔を信じて、今は地道な努力を続けたい。小さな一歩でも、それが夢に近づく道になるはずだ。

當我幾乎快要失去繼續追逐夢想的意義時，試著當作是十年後的自己來想了一下。是會想到「還好沒有放棄」呢？還是會後悔「要是再多努力一點就好了」呢？相信未來的自己的笑容，現在我想要穩健踏實地的持續努力下去。就算是小小的一步，那應該也會成為接近夢想的道路。

60 ～てからでないと
不～就無法～

◆ 文法解釋

表示要實現某件事情所須具備的條件。若沒有先達成某個條件，就無法進行後項的事情，後項句子經常接續表示不好的事情。

◆ 常見句型

- **動詞（て形）＋からでないと＋動詞（否定形）**

  接續動詞て形，需注意各類動詞的て形變化。以「AてからでないとB」的形式，表示如果不是先做了動作A，就不能做動作B。

◆ 短句跟讀練習

- **動詞（て形）＋からでないと＋動詞（ない形）**

  免許を取得してからでないと、運転できません。
  沒有取得駕照的話，不能開車。

  現場の状況を確認してからでないと、正しい判断はできません。
  沒有先確認現場狀況的話，就無法做出正確的判斷。

  寝る前に、フォローしたユーチューバーの動画を見てからでないと、安心して眠れない。
  睡覺前如果不先觀看追蹤的youtuber的影片，就沒辦法安穩睡著。

製品の検品作業が終わってからでないと、
出荷できません。

商品的檢驗作業沒有完成的話，無法出貨。

◆ 進階跟讀挑戰

　観光地では自転車を借りる人が多いですが、利用規約を読まないと貸してもらえません。特に電動自転車は操作に注意が必要なため、使い方を理解してからでないと、事故を引き起こすおそれがあります。便利な道具であっても、ルールを守って安全に使うことが大切です。それは自分の身を守るだけでなく、周囲の人を危険から守ることにも貢献します。

　在觀光區，租借自行車的人很多，但不閱讀使用規章的話，就無法租借。特別是電動自行車，由於操作上需要小心注意，如果沒有先了解操作方式，恐怕會有引發事故的危險。即便是方便的工具，遵守規則並安全的使用是很重要的。那不僅是為了保護自己，也對於保護周遭的人免於危險有所助益。

隨堂考⑥

❶ 請選擇最適合填入空格的文法

1. この国では、高齢化が進み（　　　）。
   1.にくい　　　2.かけている　　3.やすい　　　　4.つつある

2. さすがに自慢する（　　　）。彼の料理の腕前は確かに見事だ。
   1.慣れている　　　　　　2.だけのことはある
   3.ないわけだ　　　　　　4.のことはある

3. あんな遠い場所、一人で行け（　　　）と思っていたけど、意外と平気だった。
   1.られっこない　2.っこない　　3.きり　　　　4.ようもない

4. 体に悪いと知り（　　　）、ついタピオカを食べてしまう。
   1.ながら　　　2.つつも　　　3.もので　　　4.としても

5. あの子はまだ小学生なのに、とても大人（　　　）話し方をするね。
   1.っぽい　　　2.らしい　　　3.のよう　　　4.みたい

6. 彼は危険だと知り（　　　）、その道を進んだ。
   1.つつ　　　　2.ところ　　　3.ものだ　　　4.ようで

7. 財布をなくしたが、寄付した（　　　）諦めることにした。
   1.つもりで　　2.ような　　　3.としては　　　4.つもりだ

8. 郵便局へ行く（　　　）、近くのパン屋にも寄ってきた。

　　1.ように　　　2.ついで　　　3.ところで　　　4.ついでに

❷ 請選擇最適合填入空格的文法

　　私の友達には「傘を持たない主義」の人がいる。雨が降っても気にせず走るのだ。「濡れてもすぐ乾くから」と笑う。傘を忘れたふりをして、実はカバンに入っているんじゃないかと思うほど自然だ。天気が悪い日は少し憂鬱な気分になるが、彼はまったく気にしない。雨の中歩き①（　　　）鼻歌を歌う姿を見ると、逆にうらやましい。その軽さが子ども②（　　　）と感じることもあるが、それが魅力でもある。傘を持たなかったせいで、靴までびしょびしょなのはどうかと思い③（　　　）、本人は満足しているようだ。さすがに独自の価値観を貫いている④（　　　）、彼は雨の日も楽しむことができる。最近はその自由さに少し影響され⑤（　　　）自分がいる。

① 1.つつも　　　2.つつ　　　3.で　　　4.いて

② 1.っぽい　　　2.ぽい　　　3.っぼい　　　4.っほい

③ 1.も　　　2.つつ　　　3.つつも　　　4.と

④ 1.だけ　　　2.だけあって　　　3.だけあて　　　4.だけあった

⑤ 1.つつあり　　　2.つつ　　　3.つつも　　　4.つつある

61 〜てしまいそうだ
好像快要〜

◆ 文法解釋

　　表示有可能會做出與自己意志相反的某件事情。用於表達雖然某件事情不該這麼做，但可能會不小心做出那個行為，帶有說話者控制不住欲望、或被誘惑、威脅的語感，多用於敘述自身的行為。

◆ 常見句型

- 動詞（て形）+ しまいそうだ

　　接續表示意志的動詞之後，表示與自己意志相反，可能會做出某件事情。需注意各類動詞的て行變化。

◆ 短句跟讀練習

- 動詞（て形）+ しまいそうだ

　　その優しい笑顔を見るたびに、彼女のことを好きになってしまいそうだ。
　　每當看到那溫柔的笑臉，我恐怕會喜歡上她。

　　本当は誰にも言わないと決めていた秘密だったが、思わず話してしまいそうだった。
　　其實原本是決定不告訴任何人的祕密，但不自覺得差點說出了出來。

不安やプレッシャーで泣き出してしまいそうだ。

因為不安和壓力，好像要哭出來了。

あまりにもおいしいので、全部食べてしまいそうだ。

因為太過好吃，也許會都全部吃完。

◆ 進階跟讀挑戰

会議中、明らかに私の案を真剣に聞こうとしない同僚の態度に、イライラが募った。説明を遮られたときは、怒ってしまいそうで、思わず言い返しそうになった。でも、そこで感情をぶつけても何も解決しないと思い直し、深く息を吸って言葉を選んだ。冷静さを保つことができた自分に、少しだけ成長を感じた。今回の夏のボーナスで、自分にちょっとしたご褒美をあげようと思う。

會議中，對於明顯不打算認真聽我提案的同事態度，我的煩躁感越發強烈。當說明被打斷時，我差點生氣到忍不住回嘴。但是，我重新思考，認為在那個場合即使發洩情緒也無法解決任何事，於是我深吸一口氣後選擇自己的措辭。對於能夠保持冷靜的自己，讓我感覺到稍微成長了一點。這次的夏季獎金，我打算給自己一點小小的獎勵。

62 ～てでも
即使～也要～

◆ 文法解釋

表示為了達成某個目的，而採取強硬手段。帶有不惜採取極端手段的堅強決心。

◆ 常見句型

- **動詞（て形）＋でも**

  接續動詞て形，需注意各類動詞的て形變化。以「Aてでも、B」的形式，表示即使採取極端手段的行為A，也要達成後項說話者心願或意志的B。

◆ 短句跟讀練習

- **動詞（て形）＋でも**

  どうしてもアイドルのコンサートに行きたくて、休暇を取ってでも日帰りで東京まで行くつもりです。
  無論如何都想去偶像的演唱會，就算請假也打算要一日來回的去東京。

  彼は借金してでも、留学したい。
  他即使借錢，也想去留學。

  この記事では、並んででも食べたい福岡の人気グルメ店を紹介します。
  這篇文章將介紹就算排隊也想要吃的福岡人氣美食名店。

彼は何をしてでも出世したいと思っているようです。

他好像無論如何都想著要出人頭地的樣子。

進階跟讀挑戰

通勤時間が毎日片道1時間半もかかり、電車の中では座れず、帰宅後は疲れて何も手につかない状態が続いていた。このままでは仕事も私生活も中途半端になってしまうと感じ、高い家賃を払ってでも会社の近くに引っ越すことを決めた。確かに出費は増えたが、時間と体力を手に入れた今となっては、その選択に後悔はしていない。むしろ、日々の生活の質を見直すきっかけとなり、今後の働き方について改めて考える良い機会にもなったと感じている。

每天的通勤時間單程就要花一個半小時，且在電車裡無法坐下，回到家後累得對任何事都無法專注的狀態一直持續著。我感覺如果繼續這樣下去的話，不論工作和私人生活都會變得半調子，於是決定就算要付出高額的房租，也要搬到公司附近。確實開支增加了，但如今我獲得了時間與體力，對於當初的決定並不後悔。倒不如說，我反而覺得成為重新審視日常生活品質的契機，也成為讓我重新思考關於未來的工作方式的好機會。

63 ～ての
～之後的～

◆ 文法解釋

表示動作的順序，前項動作結束後進行後項的動作。一般用在表示動作、狀態的推移或繼續的場合。經常用於口語對話。

◆ 常見句型

- **動詞（て形）＋の＋名詞**
  接續動詞て形，需注意各類動詞的て形變化。表示動作的順序，～之後的意思。

◆ 短句跟讀練習

- **動詞（て形）＋の**

今度の連休は、家族を連れての旅行を予定しています。
這次的連續假期，打算帶家人去旅行。

コスプレまたは仮装をしての入場は禁止されています。
禁止Cosplay或是變裝造型入場。

台風の日に傘をさしての移動は、想像以上に困難で危険だった。
在颱風天撐傘後的移動比想像中困難且危險。

それはよく考えての行動だったのだろうか。

那真是深思熟慮後採取的行動嗎？

◆ 進階跟讀挑戰

　　40歳を過ぎての転職は簡単ではありませんでした。勇気と準備が必要です。それに、新しい職場では年下の上司や聞き慣れない業界用語に戸惑うことも多くありました。しかし、長年培ってきた経験と柔軟な姿勢で、少しずつ信頼を得られるようになりました。年齢を言い訳にせず、自分を信じて一歩踏み出したことで、新たな世界が開けたように感じています。

　　40歲之後的轉職不是一件簡單的事。必須有勇氣與準備。而且，在新的職場中，對於年紀比我小的主管和不熟悉的業界術語，我常常感到困惑。然而，透過長年培養而來的經驗和靈活的態度，開始慢慢地得到信賴。不要將年齡作為藉口，因為相信自己而踏出一步，感覺好像開啟了嶄新的世界。

64 ～てばかりはいられない
不能光～

◆ 文法解釋

表示不能總是做某件事的意思。用於表達說話者感到不能安於現狀，帶有反省或感到焦慮的情緒。多與「笑う（笑）」、「泣く（哭）」、「喜ぶ（開心）」、「安心する（安心）」等表示感情和態度的詞彙一起使用。也可以用「～てばかりもいられない」。

◆ 常見句型

- **動詞（て形）＋ばかりはいられない**

   接續動詞て形，需注意各類動詞て形變化，以「Aばかりはいられない」的形式，表示不能總是處於A的狀態。

◆ 短句跟讀練習

- **動詞（て形）＋ばかりはいられない**

   いつまでも親に頼ってばかりはいられないから、自分で生活することにした。
   因為不能老是依賴父母，所以決定要自己生活。

   彼氏と別れて半年が過ぎた。そろそろ立ち上がって、いつまでも泣いてばかりはいられない。
   與男朋友分手後已經過了半年。差不多該振作起來，不能總是哭泣。

一次面接を通過したからといって、安心してばかりはいられない。

雖說通過了一次面試，但也不能放下心。

夏休みも終わりに近いし、宿題もまだ残っているから、もう遊んでばかりはいられない。

暑假也已經接近尾聲，作業也還沒做完，已經不能再一直玩了。

◆ 進階跟讀挑戰

　世界には、教育を受けられない子どもたちが今もたくさんいる。一方、先進国では学校に通えるのが当たり前になっていて、そのありがたさに気づかない人も少なくない。よその国のことだと思って傍観してばかりはいられない。教育支援についても、私たち一人ひとりが関心を持ち、小さなことからでも行動していくことが大切だと思う。教育には、未来をつくる力がある。支援の手を差し伸べることで、世界は少しずつ変わっていくはずだ。

　在這個世界上，至今仍有許多孩子無法接受教育。另一方面，在先進國家，能夠上學已成為理所當然的事情，因此沒有意識到這一可貴之處的人也不在少數。不能總認為是其他國家的事就袖手旁觀。關於教育支援，我也認為我們每個人都該抱持關注，即便是從小事開始，採取行動是很重要的。教育擁有創造未來的力量。通過伸出援助之手，世界應該就會一點一滴地改變。

65 ～ても～ても（～ない）
無論～都不～

◆ 文法解釋

用於強調某件事情不管多麼努力，都得不到期望的結果。大多數情形下後項句子接續否定的表達方式。

◆ 常見句型

- **動詞（て形）＋も＋動詞（て形）＋も**
  同一動詞て形反覆使用，表示無論重複幾次某個動作，都得不到期望的結果。需注意各類動詞的て形變化。

◆ 短句跟讀練習

- **動詞（て形）＋も＋動詞（て形）＋も**

  仕事が山積みで、やってもやっても終わらない気がする。
  工作堆積如山，感覺多得做也做不完。

  このシャツについたインクのしみは、洗っても洗っても取れない。
  這件襯衫沾上的墨水的髒痕，洗了又洗還是洗不掉。

  追いかけても追いかけても、追いつかない夢だ。
  無論再怎麼追逐，都追趕不上的夢想。

出かけようとしたところで、探しても探しても鍵が見つからず、困っている。

正準備要出門時，找了又找都找不到鑰匙，讓我感到很困擾。

◆ 進階跟讀挑戰

　スペインのサンティアゴの巡礼路は、多くの巡礼者が祈りを込めて歩く道だ。歩いても歩いてもたどり着けないような長い道のりだが、その時間の中で、人は自然と自分と向き合うようになる。信仰とは、神に近づくためだけではなく、自分自身を見つめ直す旅なのかもしれない。そして、目的地に着いたとき、本当に変わっているのは風景ではなく、自分自身だと気づくのだ。

　西班牙的聖地亞哥朝聖之路，是許多朝聖者懷著祈願所走的道路。雖然彷彿怎麼走都無法抵達的漫長道路，但在那段時間裡，人自然會開始與面對自我。所謂信仰，也許並不只是為了靠近神，也是一場重新審視自我的旅程。而後當你抵達終點時，你會發現真正改變的，其實不是風景，而是自己本身。

66 ～やむを得ない／てもやむを得ない

不得不～

◆ 文法解釋

　　表示因為某個無法改變的原因、情況，而別無他法，只能選擇這麼做。帶有雖然無可奈何，但除此之外沒有其他辦法的語感。為書面用語，經常用於商業或書信等正式場合。

◆ 常見句型

- 句子＋やむを得ない／てもやむを得ない

　　接續說明理由或情況的句子，表示在前項事態下，沒有其他方法，不得不採取某個行動的意思，另外，也可以在「やむを得ない」前加上「ても」，表示即使發生前項的事態也是無可避免的，此時需注意接續時的動詞、い形容詞、な形容詞、名詞的て形變化。

◆ 短句跟讀練習

- 句子＋やむを得ない／てもやむを得ない

　　イベント開催に向けて準備を進めていたが、新型コロナウイルスの感染拡大の影響でやむを得ず中止となった。

　　以舉辦活動為目標進行了準備，但因新型冠狀病毒的疫情擴大影響，不得已取消。

本人の健康を最優先に考えると、休職はやむを得ない判断と言える。

若以本人的健康為最優先考量，可以說停職是不得不的判斷。

彼の嘘を見過ごすわけにはいかない。関係が悪くなってもやむを得ない。

不能將他的謊言視而不見。關係變差也是沒有辦法的事。

少子化のため、改革が遅れた大学は淘汰されてもやむを得ない。

由於少子化，改革落後的大學被淘汰也是沒辦法的。

◆ 進階跟讀挑戰

　　数年前から、地域の高齢者や子供たちのために、新しい公園を整備する計画が進められていた。しかし、突然の財政難により、自治体の予算が大幅に見直されることとなった。教育や福祉などの重要な分野に、優先的に資金を回す必要があるとの判断から、公園整備の計画は中止されることが決定した。住民の期待を裏切る形にはなったが、現在の自治体の財政状況や他の優先課題を考えれば、この判断もやむを得ないものだったと言えるだろう。

　　從數年前開始，政府為了當地的高齡者與孩童，過去一直推動整建一座新的公園的計畫。然而，由於突如其來的財政困難，地方政府的預算被大幅度重新檢視。基於在教育與社福等重要領域，有必要優先調配資金的判斷，因而決定取消公園整備計畫。雖然變成辜負居民期待的狀況，但考量現在的地方團體財政與其他優先課題，可以說這個判斷也是沒有辦法的吧。

67 ～である～／～の～
～的

🔷 文法解釋

同位語的用法，表示同一人或物。經常用來表達身分、職位、關係等。「である」是文章用語，一般用在文章、論文等場合。

🔷 常見句型

- **名詞1＋である／の＋名詞2**

  以「である／の」來連接名詞1跟名詞2，表示名詞1與名詞2為同一人、物，後面的名詞通常會用名詞1的名稱等固有名詞。

🔷 短句跟讀練習

- **名詞1＋である／の＋名詞2**

  こちらは友人の松田さんです。
  這位是我的朋友松田先生。

  プロセスエンジニアの兄はアメリカで働いている。
  我的製程工程師哥哥在美國工作。

  公共メディアであるNHKは、視聴者からの受信料によって運営されています。
  公共媒體NHK是通過觀眾繳納的受信費來營運的。

肌のしみが気になったので、美容外科医師である姉に相談しました。

因為在意肌膚的斑點，所以與當美容外科醫生的姊姊商量了。

◆ 進階跟讀挑戰

　　検索エンジンメーカーであるグーグルは、世界中の情報にすぐアクセスできる環境を提供しています。そのおかげで、知りたいことを簡単に調べられるようになり、私たちの学習や仕事の効率は大きく向上しました。マップや翻訳など、日常生活に欠かせないツールも充実しており、その利便性は年々高まっています。今では、私たちの生活にとって、なくてはならない存在となっています。

　　搜尋引擎商GOOGLE提供了能立刻存取全世界的資訊的環境。多虧於此，變得能輕鬆查詢想知道的資訊，我們的學習和工作效率大幅地提升了。地圖與翻譯等，日常生活中不可或缺的工具也十分完善，其便利性逐年不斷提高。如今，對我們的生活而言，已經成為了不可缺少的存在。

68 ～でしかない
只不過是～

◆ 文法解釋

表示強調，用於強調某個事物的結論或評價的句型。

◆ 常見句型

- **名詞 + でしかない**

    以「Aでしかない」的形式，表示只是名詞A所表示的內容，而非其他，對於前項的名詞多含有不值得評價或評價不高的語感。

◆ 短句跟讀練習

- **名詞 + でしかない**

    どんなにお金持ちでも、死ぬときは一人の人間でしかない。
    無論再怎麼有錢，到死亡的時候也只不過是一個普通的人而已。

    どんなにきれいな言葉を並べても、所詮は言い訳でしかない。
    無論堆砌再多漂亮的話，反正只不過是藉口。

    どんなにビジネスが成功しても、親の目から見ると、いつまでも子供でしかない。
    無論再怎麼事業成功，在父母的眼裡，無論到任何時候都只不過是一個孩子。

宝くじに当たるなんて、空想でしかないよ。
樂透中獎之類的，只不過是幻想啊。

◆ 進階跟讀挑戰

かつて同じ部署で働いていた同僚と、街で偶然ばったり再会した。昔は仕事帰りに飲みに行くほど親しかったが、今では連絡を取り合うこともすっかりなくなってしまった。再会して少し話したものの、今では単なる昔の知り合いでしかないように感じられ、なんとなく寂しさを覚えた。お互いの生活が変わり、気づかないうちに自然と疎遠になってしまったのだろう。それでも、あの頃の楽しかった日々を思い出すと、心が温かくなった。過去は戻らないけれど、大切な記憶として、これからも心の中に残り続けるのだと思う。

　　我與曾經在同一個部門工作的同事，在街上偶然地重逢了。過去我們熟到下班後會一起去喝酒，但如今也已變得完全不再互相聯繫了。雖然重逢後聊了一會兒，但現在卻感覺得彼此似乎只不過是過去的認識的人罷了，不知道為什麼，讓我感到了一絲寂寞。或許是彼此的生活改變了，不知不覺中就自然地變得疏遠了吧。儘管如此，當我回想起那段快樂的日子，心裡就很溫暖。雖然無法回到過去，但我想那些重要的記憶今後也會一直留存在我心中。

69 〜でもしたら
如果真的〜的話

◆ 文法解釋

表示萬一如此的意思。表達萬一發生某件假設的事態的結果，多用於擔心對方或提醒注意的場合。

◆ 常見句型

❶ 動詞（動詞ます形去ます）＋でもしたら

以「AでもしたらB」的形式，表示如果發生前項A的動作或情況，就會產生負面或意外結果的B，後項B經常用於描述負面的事情或令人困擾的情況。

❷ 名詞＋でもしたら

名詞版本。

◆ 短句跟讀練習

❶ 動詞（動詞ます形去ます）＋でもしたら

そんな大金が奪われでもしたら大変だから、振り込みで渡したほうがいいですよ。

那麼龐大的一筆錢被搶了就糟了，還是用匯款的方式轉交比較好唷。

この秘密を誰かに話しでもしたら、大きな騒ぎになるかもしれない。

要是將這個祕密告訴別人的話,可能會造成很大的騷動。

❷ 名詞＋でもしたら

早く寝なさい。明日、寝坊でもしたら、大事な試合に間に合わないよ。

快去睡。要是明天睡過頭,就會趕不上重大的考試唷。

重要なデータを紛失でもしたら、会社に大きな損害を与えることになる。

要是遺失重要的檔案,將會為公司帶來重大的損失。

◆ 進階跟讀挑戰

工事現場では、決して安全対策を怠ってはいけない。特に高所作業では、命綱をつけるのが基本中の基本だ。ほんの少しの油断で足を滑らせて落ちでもしたら、命に関わる大事故になりかねない。毎日の作業に慣れてくると、つい注意が緩みがちになるが、そういうときこそ気を引き締め、安全確認を怠らないことが何よりも大切だ。

在施工現場,絕不可以疏忽安全措施。尤其是高空作業時,繫上安全繫索是最基本中的基本。要是因為稍許的疏忽大意而腳滑跌落的話,就可能釀成攸關性命的重大事故。一旦習慣了每日的作業,就容易不小心放鬆警惕,但正是在這種時候才要繃緊精神,不懈怠於安全檢查比任何事情都更重要。

70 〜と〜ない
只要〜就不〜

◆ 文法解釋

表達假定條件。用於描述某個人事物的條件關係,只要某個條件成立,就不會發生後項的事態。或以「〜ないと〜ない」的形式,表示如果不這麼做就會發生負面結果。

◆ 常見句型

❶ 動詞／イ形容詞／ナ形容詞／名詞（普通形）＋と＋ない

以「AとBない」的形式,表示如果有A,就不會發生B的情況。後項B接續否定表現。

❷ 動詞／イ形容詞／ナ形容詞／名詞（普通形）＋ないと＋動詞／イ形容詞／ナ形容詞／名詞＋ない

以「AないとBない」的形式,表示如果不進行A,就會有B的情況,如果不〜就不〜的意思。需要注意各品詞的否定形變化。

◆ 短句跟讀練習

❶ 動詞／イ形容詞／ナ形容詞／名詞（普通形）＋と＋ない

困ったら、先輩に聞くと、分からないままにならない。
要是感到困惑,只要先去問前輩就不會一直不懂了。

値段が高いと、誰も買わない。
只要價格太高，就沒有人會買。

生活が不安定だと、私は落ち着いて研究を進められない
要是生活不穩定，我就無法平靜地進行研究。

❷ 動詞／イ形容詞／ナ形容詞／名詞（普通形）+ ないと + 動詞／イ形容詞／ナ形容詞／名詞 + ない

説明書を読まないと、正しく使えない。
要是不看說明書，就無法正確使用。

◆ 進階跟讀挑戰

忙しい日々が続くと、つい睡眠時間を削ってしまいがちだ。しかし、十分に休まないと、体調を崩したり集中力が落ちたりして、かえって仕事の効率が悪くなる。どんなにやることが多くても、健康を保たないと、長く続けることはできない。無理をする前に、生活リズムを見直すことが大切だ。

當忙碌的日子持續時，常常會無意間地減少睡眠時間。然而，若沒有充分休息，就會搞壞身體和注意力下降，反而使工作效率變差。不管有多少事情要做，如果不維持健康，就無法長期持續下去。在過度勉強自己之前，重新檢視生活步調是非常重要的。

隨堂考⑦

❶ 請選擇最適合填入空格的文法

1. この半年、体調が優れない日が続いているが、だからといって、いつまでも（　　　）。
   1.休んだばかりもいられない　　2.休んだ
   3.休む　　　　　　　　　　　4.休んでばかりもいられない

2. 彼の行為は、自己満足（　　　）。誰の役にも立っていない。
   1.だけではない　2.でしかない　3.のみならず　　4.しか

3. 米国の電気自動車の象徴（　　　）テスラは、革新的な技術で業界をリードしている。
   1.である　　　2.で　　　　3.に　　　　4.ある

4. 何度（　　　）覚えられない漢字があって、テストが心配だ。
   1.書いても読んでも　　　　2.読んでも書いたら
   3.書いても書いても　　　　4.書くでも書くでも

5. あれだけ失礼な態度を取られたら、彼が怒っても（　　　）。
   1.やむを得ない　2.たまらない　3.仕方ないかも　4.わけではない

6. あの大手企業が潰れ（　　　）、何千人もの人が路頭に迷うことになる。
   1.てしまった　2.でもしたら　3.そうにない　　4.てもいい

7. 眠くてしかたがない。授業中に寝（　　　）。

　1.れない　　　　　　　　2.ような
　3.てみた　　　　　　　　4.てしまいそうだ

8. どんなに高くても、この家は買う。借金し（　　　）手に入れたい。

　1.たところで　2.てみても　3.てでも　　　4.だけ

❷ 請選擇最適合填入空格的文法

会議中、理不尽な意見に思わず言い返して①（　　　）になった。何とか冷静を保っていたが、感情を抑えるのも限界に近く、黙ってはいられない気持ちになっていた。黙っていれば誤解されたままだ。信頼を②（　　　）、本音を伝えるべきではないかと迷った。だが、感情が爆発③（　　　）、かえって関係が壊れるかもしれない。深呼吸しても、言葉を選んでも、怒りは収まらなかった。この怒りは、自分の未熟さ④（　　　）と悟ったとき、ようやく冷静さを取り戻せた。感情に任せ⑤（　　　）ことにも、ようやく気づいたのだった。

① 1.しまいよう　2.しそう　　3.しまい　　4.しまいそう
② 1.失ってでも　2.失う　　　3.失った　　4.失ってても
③ 1.でも　　　　2.てもしたら　3.もしたら　4.でもしたら
④ 1.でしかない　2.しかない　　3.だしかない　4.でほかない
⑤ 1.るばかりはいられない　　　2.ばかりはいられない
　 3.たばかりはいられない　　　4.てばかりはいられない

181

71 ～というのは
所謂～

◆ 文法解釋

意思同「とは」，用於說明事物的意思或表示定義的句型。經常會在句尾搭配「のことだ」、「という意味だ」等表示定義的用法一起使用，解釋事物的本質或意思。

◆ 常見句型

- **名詞／句子 + というのは**

  接續名詞，用於對該名詞下定義，後項句子是針對名詞所做的說明內容。

◆ 短句跟讀練習

- **名詞／句子 + というのは**

  駅弁というのは、駅で販売されているお弁当のことで、移動中でも手軽に食べられるのが特徴です。

  所謂的火車便當，就是指在車站內販售的便當，即使在行進中也能方便食用是其特徵。

  ボランティアというのは、自発的に社会のために無償で行う活動のことを指します。

  所謂志工，是指自發性的為了社會無償地進行活動。

イクメンというのは、育児を積極的に行う男性のことを表す言葉です。

所謂育兒爸爸，是用於表示積極參與育兒工作的男性的詞語。

和食というのは、日本の伝統的な食文化で、旬の食材やだしを活かした料理です。

所謂和食，是日本的傳統飲食文化，並充分活用時令食材和高湯的料理。

◆ 進階跟讀挑戰

朝活というのは、朝早く起きて、自分の好きな趣味やストレッチ、勉強などに取り組むことで、朝の時間を有意義に使う活動のことです。私は毎朝15分ほどヨガをしています。深い呼吸とゆっくりとした動きによって、体と心が目覚めていくのがわかります。ヨガは体をほぐすだけでなく、心の状態にも良い影響を与えてくれます。焦っている日ほど、雑念を手放し、呼吸だけに意識を向けることで、不思議と心が静かになります。ヨガを終えたあとは、心がすっきりと整い、一日を穏やかな気持ちで始めることができます。

所謂「朝活」，是指早上早起後，專致於自己喜歡的興趣或伸展運動、學習等活動，有意義的利用晨間時光的行動。我每天早上都會做大約15分鐘的瑜珈。透過深呼吸和緩慢的動作，可以清楚感到身心都逐漸的甦醒。瑜珈不僅能放鬆身體，對心理狀態也帶來良好的影響。越是焦躁不安的日子，透過放下雜念，僅專注於呼吸，不可思議地心就會平靜下來了。做完瑜伽之後，心情會變得舒暢和沉穩踏實，能以平穩的心情開始一天的生活。

72 〜というものだ
這就是〜

◆ 文法解釋

對於某件事物的本質或特徵，說話者認為理所當然的想法或感想時。一般口語對話時，可以簡略成「ってもんだ」。

◆ 常見句型

❶ 動詞（普通形）+ というものだ

對於某件事物，說話者斷定地表達主觀的意見、判斷、想法，表示這就是〜的意思。

❷ イ形容詞 + というものだ

い形容詞版本。

❸ ナ形容詞 + というものだ

な形容詞版本，但現在肯定形時，接續不加「だ」，而是「な形容詞というものだ」。

❹ 名詞 + というものだ

名詞版本，但現在肯定形時，接續不加「だ」，而是「名詞というものだ」。

◆ 短句跟讀練習

❶ 動詞（普通形）+ というものだ

どれだけお金があっても、家族の絆はお金で買えないというものだ。

無論再怎麼有錢，家人間的羈絆是用錢也買不到的東西。

❷ イ形容詞 + というものだ

努力もしないで夢が叶うと思っているのは甘いというものだ。

連努力都沒有就覺得會實現夢想，著實讓人感到天真。

❸ ナ形容詞 + というものだ

自分の思い通りにならないからといって、すぐに投げ出すのは、わがままというものだ。

只因為事情沒有如自己所想地發展就立刻放棄，這就叫做任性。

❹ 名詞 + というものだ

困っている人を見たら助ける。それは人として当然の行動というものだ。

看到有困難的人提供幫助。那正是作為人理所當然的行為。

◆ 進階跟讀挑戰

どれだけ努力しても、思うような結果が出ないことがある。一生懸命働いても評価されなかったり、夢のために頑張っても報われなかったりすることもある。悔しさや虚しさを感じることは避けられない。だが、それが現実というものだ。だからこそ、自分の中に何を残すか、どう前を向くかが大切になるのだと思う。

無論有多麼努力，有時也無法得到期望的結果。就算拼命工作，也可能會得不到認可，即使為了夢想而努力，也可能得不到回報。感到懊悔或空虛是無可避免的。但，這就是現實吧。正因如此，我認為要在自己心中留下什麼，要如何面對前路，這就變得重要。

73 〜というものではない／というものでもない

並非〜

◆ 文法解釋

　　表示某個主張或想法並非完全洽當。但「というものでもない」是稍微委婉的否定。經常接續「ば」、「たら」、「からといって」等表示條件的用法。

◆ 常見句型

❶ 動詞（普通形）＋というものではない／というものでもない

　　否定前項敘述的一般認為若具備某種情況或條件，就會成立的某個事態的想法或主張。表示並不是〜就會〜的意思。

❷ イ形容詞＋というものではない／というものでもない

　　イ形容詞版本。

❸ ナ形容詞＋というものではない／というものでもない

　　ナ形容詞版本，但現在肯定形時，可加也可不加「だ」。

❹ 名詞＋というものではない／というものでもない

　　名詞版本，但現在肯定形時，可加也可不加「だ」。

◆ 短句跟讀練習

❶ 動詞（普通形）+ というものではない／というものでもない

日本で生活すれば自然に日本語がペラペラ話せるようになるというものではない。

並不是在日本生活的話，自然就變得能說流利的日文。

❷ イ形容詞 というものではない／というものでもない

食べ物は値段が高ければ質がいいというものではない。

食物並不是價格越高品質就好。

❸ ナ形容詞 + というものではない／というものでもない

お金があれば、幸せというものでもない。あっても、信頼できる人がいなければ、孤独は消えない。

並不是說有錢就會幸福。即使有錢，沒有能夠信任的人，孤獨就無法消失。

❹ 名詞 + というものではない／というものでもない

褒められたからといって、それが信頼というものではない。

雖説被稱讚，但並非説那就是信頼。

◆ 進階跟讀挑戰

孤独が怖くて、誰とでも仲良くしようとしていたことがある。でも、友達は多ければ多いほどいいというものではない。本当に困ったとき、連絡できる人は何人いるだろうか。広く浅い関係よりも、深く信頼できる友達を大切にしたい。人間関係においては、数の多さよりも、関係の深さこそが大切にすべきものだと感じている。

　曾經因為害怕孤獨，而努力與任何人都和睦相處。但是，朋友並不是越多就越好。當真正有困難的時候，能聯繫的人又會有幾位呢？比起廣闊而淺薄的關係，我更想珍惜能夠深深信賴的朋友。在人際關係之中，我認為比起數量的多寡，關係的深度才更應該重視。

74 〜というより／というよりむしろ

與其說是〜不如說是〜

◆ 文法解釋

對於某件事物的判斷,後項句子敘述的內容比前項的內容更適切的句型。也經常搭配「むしろ」來表示強調感。

◆ 常見句型

❶ 動詞(普通形)+というより／〜というよりむしろ

以「Aというより(むしろ)」的形式,表示對於動作A的敘述或判斷雖然沒錯,但後項動作B的敘述更適合。

❷ イ形容詞+というより／〜というよりむしろ

い形容詞版本。

❸ ナ形容詞+というより／〜というよりむしろ

な形容詞版本,ナ形容詞為現在肯定形時可加也可不加「だ」。

❹ 名詞+というより／〜というよりむしろ

名詞版本,名詞為現在肯定形時可加也可不加「だ」。

◆ 短句跟讀練習

❶ 動詞（普通形）＋というより／～というよりむしろ

行きたくないというより、外に出る気分がない。

與其說是不想去，不如說沒有出門的心情。

❷ イ形容詞＋というより／～というよりむしろ

彼の顔は、悔しいというより、むしろ自分に腹を立てているように見えた。

他的表情與其說是懊悔，到不如說看起來像是在對自己生氣。

❸ ナ形容詞＋というより／～というよりむしろ

彼のその発言は、冗談というよりはむしろ皮肉に聞こえた。

他的那個發言，與其說是玩笑，到不如說聽起來像是諷刺。

❹ 名詞＋というより／～というよりむしろ

窓の外に降っているのは、雪というより、霙みたいなシャーベット状のものだった。

窗戶外下著的與其說是雪，不如說感覺像是雨夾雪般的雪泥狀東西。

◈ 進階跟讀挑戰

彼は一見すると、賢いというより、ただ口がうまいだけのように感じます。もちろん知識があるのでしょうが、本当に賢い人とは、相手に安心感を与えられる人のことだと思います。知識をひけらかすだけでは、それは賢さとは少し違うのではないかと感じます。知識の深さよりも、人を思いやる姿勢の中にこそ、真の賢さがあるのではないかと思います。

他乍看之下與其說是聰明，不如說我感覺就只是能言善道而已。當然他應該是擁有知識的，不過我認為，真正聰明的人，是能夠給予對方感到安心感的人。只是炫耀知識的話，感覺那與真正的聰明還是稍微有些不同的吧。我認為比起知識的深度，存在於為人著想的態度之中的，應該才是真正的聰慧。

75 ～といわず～といわず
不論～

◆ 文法解釋

在同一範疇內的事物，列舉出2個例子來代表整體，表示不加區別，整體都是相同的狀態。經常用於描述負面的內容。

◆ 常見句型

- 名詞＋といわず＋名詞＋といわず

  以「Aといわず、Bといわず」的形式，表示某個整體中，不論名詞A還是名詞B，包含其他在內，強調不加區別，全部都是某種狀態。

◆ 短句跟讀練習

- 名詞＋といわず＋名詞＋といわず

  今の若者は、休み時間といわず、歩いている時といわず、いつもスマホをいじっている。

  現在的年輕人，無論是休息時間還是走路時，總是滑著手機。

  大学試験のために、彼は昼といわず、夜といわず、一日中勉強をしている。

  為了準備大學考試，他無論白天還是夜晚，整日都在學習。

にわか雨で、頭といわず足といわず、全身ずぶ濡れになった。

因為驟雨，無論頭還是腳，全身都淋得溼透了。

A社の製品は、文房具といわず、生活用品といわず、どれもシンプルなデザインです。

A公司的產品，無論是文具還是生活用品，不論哪種領域都是簡潔的設計。

◆ 進階跟讀挑戰

この辺りは、夏といわず冬といわず、季節を問わず雨の多い地域として知られています。晴れの日は珍しく、いつもどこかで傘をさしている人を見かけます。最初は気が滅入りましたが、今では静かな雨音が心を落ち着かせてくれます。湿気は多いものの植物がよく育ち、町にはいつも豊かな緑が生い茂っています。雨と共に生きる暮らしにも、少しずつ慣れてきました。

這附近無論是夏天還是冬天，以不分季節的多雨地區而廣為人知。晴天的日子很少見，總是能在某個角落看到撐著傘的人。起初讓人感到心情憂鬱，但如今靜靜的雨聲反而能讓心情平靜下來。雖然濕氣重，但植物成長得很好，整座城鎮總是綠意盎然。我也逐漸慢慢習慣了與這種雨共生的生活。

76 〜とかで
聽說〜

◆ 文法解釋

表示傳聞，從別人那裡聽到，不確信真偽的原因、理由，用於說話者不確定聽說的內容的正確性或曖昧地傳達聽說的內容時，是口頭語的用法。

◆ 常見句型

① 動詞（普通形）+ とかで

以「Aとかで」的形式，表示從別人那裡聽到的某件事情發生的原因、理由是A，聽說是〜的意思。

② イ形容詞 + とかで

い形容詞版本。

③ ナ形容詞 + とかで

な形容詞版本，ナ形容詞為現在肯定形時可加也可不加「だ」。

④ 名詞 + とかで

名詞版本，名詞為現在肯定形時可加也可不加「だ」。

🔷 短句跟讀練習

❶ 動詞（普通形）+ とかで

あのレストランは、食中毒があったとかで、今はもう営業していないらしいよ。

聽說那間餐廳發生了食物中毒，現在已經不營業了的樣子呢。

❷ イ形容詞 + とかで

怖いとかで、その映画のメロディーが流れると、彼はつい耳をふさいでしまいます。

聽說因為覺得恐怖，當那部電影的配樂響起，他就會忍不住將耳朵摀起來。

❸ ナ形容詞 + とかで

この辺りは不便なんだとかで、彼女は引っ越しを考えているらしい。

她好像在考慮搬家，說是這附近機能不方便。

❹ 名詞 + とかで

この部屋は幽霊が出るとかで、ずっと空き部屋になっているらしい。

聽說這個房間會有幽靈出沒，所以一直處於空屋狀態的樣子。

🔷 進階跟讀挑戰

クラスで仲が良かった二人は、何かの誤解があったとかで、最近は話していないらしいです。みんなの前では普通にしているけれど、前みたいに楽しそうには見えません。前は毎日一緒に昼ご飯を食べていたのに、今は別々にいることが多いです。お互いにまだ怒っている感じではないけれど、ちょっと気まずそうな雰囲気です。早く元の関係に戻れるといいですね。

　　班上原本關係很好的兩位同學，聽說他們之間有某些誤會，最近好像沒怎麼說話。雖然在大家面前還是表現得很正常，但看起來不像以前那樣很開心的樣子了。明明以前他們每天都會一起吃午餐，現在卻大多是各自一個人待著。雖然感覺雙方好像並沒有還在生氣，但看起來氣氛有點尷尬。要是他們能早日恢復從前的關係就好了呢。

77 〜ところに／ところへ／ところを

正當〜時

◆ 文法解釋

　　表示動作或狀態處於某個進展的階段時，發生了另一件意料之外或阻礙的事情，導致原本的事態中斷或產生變化。

　　「ところに」、「ところへ」大多情況可互用，「に／へ」是指時間點、移動的到達點或方向，後項經常會接續「来る（來）」、「通りかかる（經過）」等表示移動的動詞，表示動作發生的時間點，發生影響原本的動作或狀態進展的事情。

　　「ところを」，「を」是指動作作用的對象，表示後項接續的動作直接作用至前項內容，一般後項會接續「見る（看）」、「見つかる（找到）」、「助ける（幫助）」、「止める（阻止）」等表示視覺、發現、停止、救助之類具有阻礙或阻止前項動作意義的動詞。

◆ 常見句型

❶ 動詞（辭書形／た形／ている形）＋ところに／ところへ／ところを

　　以「Aところに／へ／をB」的形式，前項動詞A依動作進展的階段，使用辭書形、た形或ている形，並根據後項B所敘述的內容或動詞的情況，使用「ところに／へ／を」。表示正當A進行的時候，發生了影響事情進展的B的情況。但需注意「AところをB」時，後項接續的B是對前項A的狀況有直接作用的動作，表示正當A進行的時候，發生了阻止前項行為的B。

❷ イ形容詞＋ところに／ところへ／ところを

い形容詞版本。

◆ 短句跟讀練習

❶ 動詞（辭書形／た形／ている形）＋ところに／ところへ／ところを

お金が足りなくて困っていたところに、偶然知り合いが通りかかり、助けてもらいました。

錢不夠正在煩惱的時候，一位熟人偶然路過幫了我。

❷ イ形容詞 ところに／ところへ／ところを

丁度いいところに来たね。彼にも食べさせてみよう。

來得剛剛好呢。也讓他吃吃看吧。

◆ 進階跟讀挑戰

朝から財布を忘れ、電車にも乗り遅れるなど、不運が続いていた。ようやく気を取り直して外に出たところに、頭上から「ポトッ」と何かが落ちてきた。見上げると、ハトの姿が一羽。頭には白い痕跡が残っており、どうやら糞が命中したようだった。まるで誰かに狙われていたかのような出来事で、ここまでくると、もう笑うしかなかった。

一早開始就忘了錢包，接著也沒趕上電車之類的，衰事接連不斷。好不容易重新打起精神剛出門時，頭頂上方「撲通」一聲地掉下了什麼東西。抬頭一看，是一隻鴿子的身影。頭上殘留著白色的痕跡，看來似乎是被鳥糞擊中了。簡直就像是被某人狙擊了一樣的事件，到了這種程度，也只能笑了。

78 ～ところだった
差一點就～

◆ 文法解釋

表示某件事情，如果情況不同，就會發生的句型。用於實際上未發生，在發生前就得以避免的情況。若要加強即將要發生的語感，經常會與「もう少しで（再一點）」、「危うく（好險）」等搭配使用。

◆ 常見句型

- **動詞（辭書形／否定形）＋ところだった**

  以「Aところだった」的形式，表示事態A差點就發生的意思。前項的事態A通常是負面的事情或是不期望發生的事情。

◆ 短句跟讀練習

- **動詞（辭書形／否定形）＋ところだった**

  運転中にスマホを見ていたため、もう少しで事故を起こすところだった。
  因為行駛中一直看手機，差一點就引起交通事故。

  危うく財布と鍵を忘れるところだったが、母に言われて気づいた。
  差點忘記帶錢包和鑰匙，幸虧媽媽提醒而想起來。

もし気づくのがもう少し遅れていたら、作り直すところだった。

如果再晚一點注意到的話，就差點要重做了。

駅までのシャトルバスの時間を確認していなかったら、最終バスに間に合わないところだった。

如果沒有確認開往車站的接駁巴士時間的話，就差點趕不上最後一班車了。

◆ 進階跟讀挑戰

カフェでスマートフォンをテーブルに置いたまま席を立ってしまったが、数歩進んだところでそれに気づき、慌てて戻った。もう少し気づくのが遅ければ、スマホをなくすところだった。運よくそのまま残っていたが、もし誰かに持ち去られていたらと思うと、冷や汗が出る。大切なデータや写真が詰まっているので、今後はスマホを常に持ち歩くよう、もっと気をつけたいと思う。

我在咖啡廳把手機留在桌上就起身離開了座位，不過剛走了幾步之後就發現，連忙慌張地折返回去。如果再晚點發現的話，就差點丟失手機了。雖然運氣很好地就那麼留在原位，但一想到要是被誰拿走了，就直冒冷汗。因為手機裡充滿著重要的資料和照片，所以我希望今後更加小心，要時常將手機隨身帶著。

79 〜ところを見ると
根據〜來看〜

◆ 文法解釋

說話者以自己的主觀經驗為根據所做的推測。

◆ 常見句型

- **動詞（た形／ている形）＋ところを見ると**

    以「Aところを見ると」的形式，用於表達說話者根據前項行為A的樣態而做出某個推測，後項句子接續推測的事情內容。

◆ 短句跟讀練習

- **動詞（た形／ている形）＋ところを見ると**

    朝からニコニコ笑っているところを見ると、何かいいことでもあったようだ。
    從他一早就笑嘻嘻來看，似乎是有發生了什麼好事的樣子。

    彼女が目をそらしたところを見ると、何か後ろめたいことでもあるのかもしれない。
    看到她移開了視線的樣子，可能是有什麼愧疚的事吧。

    この店は開店してわずか30分で満席になっているところを見ると、相当美味しい店のようだ。
    從這家店開店後短短30分鐘就客滿來看，這裡似乎是相當好吃的店。

試合が終了した直後に泣いたところを見ると、負けたのがよほど悔しかったのでしょうね。

從比賽剛結束就立馬哭了來看，對於輸掉比賽想必是相當不甘心吧。

◆ 進階跟讀挑戰

　　友達の誕生日会で、誕生日の主役だった彼女の彼氏がいきなりプロポーズしました。みんな驚いていましたが、彼女は笑顔で「はい」と答えました。彼女が落ち着いて受け答えしていたところを見ると、事前に知っていたに違いない。もしかすると、誰かがうっかり話してしまったのかもしれません。それでも、あの瞬間の幸せそうな空気は、とても印象的でした。

　　在朋友的生日聚會上，生日聚會主角的她的男朋友突然求婚了。大家都感到非常驚訝，但她帶著微笑地回答了「我願意」。從她冷靜地回答的樣子來看，肯定事先就知道了。或許是有人在不經意間透漏了也說不定。即便如此，那一瞬間的幸福氛圍，仍然讓人非常印象深刻。

80 ～としか言いようがない
只能說是～

◆ 文法解釋

表示強調的句型，用於表達關於某件事情，沒有其他可形容或其他更適切地表達方式。

◆ 常見句型

- 句子（普通形）＋としか言いようがない

  以「Aとしか言いようがない」的形式，表示對於某件事情，只能其他可能形容的方式，只能說是A。

◆ 短句跟讀練習

- 句子（普通形）＋としか言いようがない

  大雨で花火大会が中止になってしまい、ただただ残念としか言いようがない。
  煙火大會因大雨而終止了，只能說我心中感到非常可惜。

  いい発想だが、成功する見込みは薄いとしか言いようがない。
  雖然是很好的想法，但我只能說成功的可能性很小。

昔の人があんなに巨大なピラミッドを造ったのは、不思議としか言いようがない。

以前的人竟然建造了那麼龐大的金字塔，只能說是不可思議。

わずか半年で、全国大会で優勝するなんて、彼女は卓球の才能があるとしか言いようがない。

僅僅半年就在全國大賽中獲得優勝，只能說她擁有桌球的天賦。

◆ 進階跟讀挑戰

　　最近見たドラマは、歴史がテーマの作品でした。ストーリーは少し複雑でしたが、練られた構成と魅力的な登場人物たちに引き込まれ、最後まで飽きずに楽しめました。音楽や衣装もシーンにぴったりで、映像も非常に美しく、世界観にどっぷり浸れました。ここまで夢中になった作品は本当に久しぶりで、何度でも見返したくなるような作品としか言いようがないです。

　　最近看的電視劇是以歷史為主題的作品。雖然劇情有些許複雜，但經琢磨打造的架構和有魅力的登場人物們所吸引，能夠從頭到尾不感到厭倦地享受到最後一刻。音樂和服裝都與場景很契合，就連畫面也非常精美，讓人完全沉浸在這世界觀中。真的是久違地讓我如此沉迷的作品，只能說，這是一部令人想不斷反覆觀看的作品。

隨堂考⑧

1 請選擇最適合填入空格的文法

1. 努力すれば必ず成功する（　　）。運やタイミングも関係する。
   1. というものではない　　2. といったらない
   3. にほかならない　　　　4. にもかかわらず

2. 台湾の夏は、昼（　　）夜（　　）暑さが続く。
   1. といわず、といわず　　2. にかかわらず、かかわらず
   3. だけでなく、までもなく　4. にも、にも

3. 駅前の店、立ち退き（　　）、今月で閉店するらしいよ。
   1. だそう　　2. によって　　3. だから　　4. とかで

4. 幸福（　　）のは、自分の心が満たされている状態を指す。
   1. という　　2. といえ　　3. といた　　4. というのが

5. 赤信号に気づかず、渡ってしまう（　　）。
   1. ところだた　2. ところ　3. ところだった　4. ところだ

6. 彼女があんなに慌てている（　　）、何かトラブルがあったのだろう。
   1. ようでは　　　　　　2. にしては
   3. としても　　　　　　4. ところを見ると

206

7. あんな態度で謝られても、ただの言い訳（　　　　）。
　　1.といえばいい　　　　　　2.としか言いようがない
　　3.にすぎ　　　　　　　　　4.しかなかった

8. 初対面でいきなり年収を聞くのは、失礼（　　　　）。
　　1.と思うと　　2.にすぎない　　3.というものだ　　4.ことにした

❷ 請選擇最適合填入空格的文法

　　先日、美術館に行った。静かな空間で絵を眺める時間は、まさに心を整えるひとときだった。作品の美しさに感動した①（　　　　）、描いた人の思いに心を打たれた。油絵②（　　　　）、水彩画③（　　　　）、どの作品にも作者の人生が込められているというものだ。音も立てずに作品に見入る来館者の姿から、この場所が特別な時間を与えているのだと分かる。芸術とは、理屈ではなく心で感じる④（　　　　）。芸術は言葉では語りきれない力を持っている⑤（　　　　）。

① 1.といって　　2.というよりも　3.というのも　　4.より

② 1.といわず　　2.いわず　　　　3.といわない　　4.といい

③ 1.といわず　　2.まで　　　　　3.に　　　　　　4.も

④ 1.といえばいい　　　　　　　　2.だよう
　　3.といえものだ　　　　　　　　4.というものだ

⑤ 1.しか言う　　　　　　　　　　2.と言いがない
　　3.としか言いようがない　　　　4.というしかない

81 〜として／としての／としても
作為〜

◆ 文法解釋

　　明確表達特定資格、立場、種類、名目等的句型，「として」後面接續名詞時，根據語意會以「〜としての」或「〜としても」的形式使用。

◆ 常見句型

- **名詞＋として／としての／としても**

　　以「Aとして」的形式，接續在名詞之後，表示以名詞A所代表的資格、立場、種類，進行後項的動作或表示某種狀態。

◆ 短句跟讀練習

- **名詞＋として／としての／としても**

　親として、子どもには将来自立して、自分らしく幸せに生きてほしい。
　作為父母，希望孩子將來獨立，能活出自我幸福地生活下去。

　心理学の専門家として、メンタルヘルスに関する研究を続けています。
　他作為心理學的專家，持續不斷進行有關於心理健康的研究。

彼はすでに引退していますが、現役時代には選手としての輝かしい成績を残しました。

他雖然已經引退了，但在現役時曾留下作為選手的輝煌成績。

この商品は、自分用としてはもちろん、誕生日のプレゼントとしても人気があります。

這款商品，作為自用自不必說，作為生日禮物也很受歡迎。

進階跟讀挑戰

ある有名人が脱税で捕まったそうです。お金はたくさんあったのに、それでももっと欲しくなって、ルールを無視してしまったみたいです。どんなに成功していても、人として正しい道を外れてしまってはいけないなと思います。たとえどんなに苦しくても、正直に生きることが大事です。社会からの信頼は、一度失えば、容易には取り戻せないものです。やはり、お金よりも人としての信用を大切にして生きるべきだと思います。

聽說某位名人因為逃稅被逮捕了。明明已經擁有很多錢了，但仍然變得想要更多，結果似乎無視了規定的樣子。無論再怎麼成功，我認為也不能偏離作為人的正確道路。即使再怎麼辛苦，也要誠實地生活才是重要的。來自社會的信任，一旦失去，就沒辦法輕易地挽回。我認為比起金錢，果然還是更應該重視作為一個人的信用來過生活。

82 ～と見える／に見える
看起來似乎～

◆ 文法解釋

表示推測的句型。說話者從所看到的事實或情況加以判斷，並敘述自己的推測。

◆ 常見句型

❶ 動詞（普通形）＋と見える／に見える

表示說話者根據某種情況，推測某件事情看起來是那樣感覺的意思。

❷ イ形容詞＋と見える／に見える

い形容詞版本。

❸ ナ形容詞＋と見える／に見える

な形容詞版本，但現在肯定形時，「～と見える」的接續為「ナ形容詞だと見える」。

❹ 名詞＋と見える／に見える

名詞版本，但現在肯定形時，「～と見える」的接續為「名詞だと見える」。

◆ 短句跟讀練習

❶ 動詞（普通形）+と見える／に見える

彼女はあの話を聞いてから、しばらく黙ったままだった。ショックを受けたと見える。

她聽了那番話後，保持沉默了一陣子。看來是受到了打擊。

❷ イ形容詞+と見える／に見える

彼は表では笑顔を見せているが、裏では人の悪口を言っている。かなり腹黒いと見える。

他雖然表面笑臉迎人，但背地裡卻在說著別人的壞話。看起來似乎相當陰險。

❸ ナ形容詞+と見える／に見える

彼はずっとスマホを見ている。暇だと見える。

他一直在看著手機。看來似乎很閒。

❹ 名詞+と見える／に見える

彼女はいつも食べる前に写真を撮っている。インスタグラムに載せる写真だとみえる。

她總是在開動前先拍照。看來是要上傳到Instagram的照片。

◆ 進階跟讀挑戰

放課後、誰もいないはずの音楽室から物音が聞こえました。先生が様子を見に行くと、割れた窓ガラスが見つかり、床には足跡も残っていました。楽器には触られた様子はなかったものの、誰かが入ったとみえた。先生はすぐに職員室へ報告に戻りました。しかし、1か月経っても犯人は見つかっていません。本当に謎ですね。

　　放學後，從本應沒人的音樂教室裡傳來了聲響。老師前去查看情況時，發現了破裂的窗戶玻璃，地板上也留下了腳印。雖然樂器看起來沒有被動過的樣子，但看起來似乎有人闖入過。老師立刻返回教職員室進行了報告。然而，即使過了一個月，犯人依然沒被找到。真是個謎團呢。

83 〜と言っても過言ではない

即使說是〜也不為過

◆ 文法解釋

表示那麼說也不誇張的意思，用於強調主張時，是表達對某件事物的評價的句型。為書面用語，經常用於新聞等正式場合。

◆ 常見句型

- 句子 + と言っても過言ではない

前項經常接續誇張表現的內容，用於強調某件事物的重大程度，表示用那樣來評價這項事物也不過分。

◆ 短句跟讀練習

- 句子 + と言っても過言ではない

時間は誰も待たない。一度過ぎたら、決して取り戻せないと言っても過言ではない。

時間不會等待任何人。可以說一旦逝去就絕對無法倒轉也不為過。

今回の台風は、被害の規模から見て過去最大と言っても過言ではない。

說這次的颱風，從受災規模來看，是有史以來最強也不為過。

これからはAIの時代になるといっても過言ではない。

即使說從今往後將會是AI的時代也不為過。

彼が創り上げた音楽のスタイルは、音楽界に新時代をもたらしたと言っても過言ではない。

說他所創造的音樂風格，為音樂界帶來了新時代也不為過。

◆ 進階跟讀挑戰

　　今話題になっている家族小説が、本屋大賞に選ばれた。この作品は、父と子の関係を中心に描かれていて、思わず笑ってしまう場面があるかと思えば、涙が止まらなくなるほど切ないシーンもあった。家族のすれ違いや和解を通して、人とのつながりの大切さを改めて感じさせられる一冊だ。笑いも涙も詰まった感動作で、まさに最高傑作と言っても過言ではないと思う。

　　目前成為熱門話題的家族小說被選為「本屋大賞」作品。這個作品，是圍繞著父子關係來展開描寫，有些令人忍不住笑出來的場景，也有一轉眼就讓人悲傷地淚流不止的情節。這是一本透過家人之間交錯而過的誤解與和解，讓人重新感受到人與人之間聯繫的重要性的書。是充滿歡笑與淚水的感動之作，我認為說它是毫無疑問地最棒的傑作也不為過。

84 〜どころか
別說〜反而〜

◆ 文法解釋

用於強調說話者或聽話者所期待或預想的結果與事實正相反或情況更加惡化的句型。

◆ 常見句型

❶ 動詞（普通形）＋どころか

以「AどころかB」的形式，從根本上否定前項的狀態A，表示實際上不但不是前項敘述的狀態A，反而是狀態B的情況。

❷ イ形容詞＋どころか

い形容詞版本。

❸ ナ形容詞＋どころか

な形容詞版本，但現在肯定形時，接續不加「だ」，而是「ナ形容詞どころか」或「ナ形容詞などころか」。

❹ 名詞＋どころか

名詞版本，但現在肯定形時，接續不加「だ」。

◆ 短句跟讀練習

❶ 動詞（普通形）+ どころか

夢を追いかける勇気どころか、一歩踏み出すことさえできなかった。

別說追逐夢想的勇氣了，甚至連向前踏出一步都辦不到。

❷ イ形容詞 + どころか

高雄の冬は寒いどころか、半袖で快適に過ごせるほど暖かいよ。

高雄的冬天別說是冷了，反而暖和得能穿著短袖舒適地度過。

❸ ナ形容詞 + どころか

あの国は安全どころか、地域によっては非常に危険で、銃の事件も日常的に起きている。

那個國家別說安全了，根據地區會非常危險，槍擊事件也是每日尋常地發生。

❹ 名詞 + どころか

あの気が荒いおじいさんは、病気どころか、ぴんぴんしているよ。

那位脾氣暴躁的老爺爺，哪裡生病了，精神好得呢。

◆ 進階跟讀挑戰

　昔から、失敗を極端に怖がるタイプだ。何かに挑戦したくても、頭の中に「無理かもしれない」という言葉が浮かんでくる。物事に立ち向かう勇気どころか、スタートラインに立つこともできなかった。でも、最近は「失敗してもいい」と考えるようにしている。それだけで気持ちが少し楽になる。少しずつでも進めば、それが自分にとって大きな一歩になる。

　從以前開始，我就是那種極度害怕失敗的類型。即使想挑戰某件事，腦海中總會浮現「也許辦不到」這樣的話。別說是面對事物的勇氣了，連站上起跑線都做不到。但是，最近我開始儘量試著去想「就算失敗也沒關係。」。光是這樣，心情就稍微輕鬆了一些。即使是慢慢地向前進，那對我而言也將是一大步。

85 〜どころではない
不是〜的時候

◆ 文法解釋

強調不是能進行某項活動的狀況和時機，是表示強烈否定的句型。

◆ 常見句型

❶ 動詞（辭書形）+ どころではない

以「Aどころではない」的形式，強調由於時間上或金錢上等某個緊迫的原因，而沒有餘力，不是能進行A行為的時候。

❷ 名詞 + どころではない

名詞版本。

◆ 短句跟讀練習

❶ 動詞（辭書形）+ どころではない

トラブルが起きていて、のんびり休むどころではない。
現在正發生問題，哪裡是悠閒地休假的時候。

スキャンダルの影響で会社の株価が急落し、パーティーに行くどころではない。
公司的股價因為醜聞的影響而暴跌，根本不是去聚會的時候。

❷ 名詞 + どころではない

早く決めないと間に合わないのは分かっているが、今はそれどころではない。

雖然知道不趕快做決定的話會來不及，但現在不是做那種事情的時候。

経済的に余裕がなくて、子育てどころではなく、毎日の生活さえ大変だ。

經濟上不寬裕，別說養育孩子了，就連每天的生活都很辛苦。

◆ 進階跟讀挑戰

せっかく沖縄へ行ったのに、運が悪くて台風が来てしまった。楽しみにしていた海は大荒れで、泳ぐどころではなかった。ホテルにこもって本を読んだり、伝統工芸を体験したりして過ごしたが、そのおかげで予定にはなかった楽しみを見つけることができた。思い通りにはいかなかったけれど、逆に忘れられない思い出になった。

難得去了沖繩，卻運氣不好，颱風來了。一直期待著的海邊狂風暴雨，哪裡能去游泳啊。雖然透過待在飯店裡閱讀小說、體驗傳統手工藝來度過，但也多虧如此，讓我能發現意料之外的樂趣。雖然不如預期，但反而成了難以忘懷的回憶。

86 〜ないことには
不〜就不〜

◆ 文法解釋

用於表示必要條件的句型。表示若前項敘述的事情沒有實現，後項敘述的事情就不會實現。後項句子會接續否定表現。

◆ 常見句型

❶ 動詞（否定形）+ことには

以「AないことにはB」的形式，表示如果不先實現或發生行為A，就不能實現行為B。

❷ イ形容詞くない+ことには

い形容詞版本。

❸ ナ形容詞でない+ことには

な形容詞版本。

❹ 名詞でない+ことには

名詞版本。

◆ 短句跟讀練習

❶ 動詞（否定形）+ ことには

裁判を勝ちたいなら、強い証拠を提出しないことには勝てない。

想要勝訴的話，如果不提出強力的證據，就贏不了。

❷ イ形容詞くない + ことには

給料が良くても、仕事が楽しくないことには、やる気も出ず、続けることも難しい。

就算薪資優渥，如果工作不有趣的話，就會既提不起幹勁，也難以持續下去。

❸ ナ形容詞でない + ことには

健康でないことには、やりたいことを存分に楽しむことはできない。

如果沒有健康，就無法盡情地享受想要做的事。

❹ 名詞でない + ことには

医師でないことには、この薬を処方することはできません。

如果不是醫生，就不能開立這個處方藥。

◆ 進階跟讀挑戰

最近はオンライン上での出会いややり取りが増えている。しかし、文章や写真だけでは、その人が本当に信頼できるかどうかを判断するのは難しいことも多い。やはり、実際に会って話してみないことには、人柄や価値観はわからない。確かに、私たちは便利な時代に生きている。しかしながら、関係が深ければ深いほど、直接顔を合わせたコミュニケーションの重要性を感じる。人と人とのつながりには、画面越しでは伝わらない温度があるのだと思う。

最近，在網路上的邂逅與交流互動逐漸增加。然而，光是文字與照片，也可能難以判斷對方是否真的值得信賴。果然，如果沒有實際見面聊聊的話，是無法了解一個人的性格與價值觀的。確實我們生活在便利的時代。但是，關係越是深厚就越感到直接見面溝通的重要性。在人與人之間的聯繫中，我認為有些溫度，隔著螢幕之下是無法傳遞的。

87 ～なしに
沒有～就～

◆ 文法解釋

表示沒有進行一般情況下應該做的事，就進行別的事情。後項接續否定時，用於表達要達成目的，某個條件是必要的。為書面用語。

◆ 常見句型

① 名詞＋なしに

接續在表示動作的名詞後，以「AなしにB」的形式，表示在欠缺A的狀態下，就做後項的B。或以「AなしにBない」的形式，表示如果沒有A就不可能達成B，也就是要實現B，A是不可避免的。

② 動詞（辭書形）＋こと＋なしに

動詞版本。

◆ 短句跟讀練習

① 名詞＋なしに

準備なしにフルマラソンに挑戦するのは無謀だ。
沒有準備就挑戰全程馬拉松是魯莽的行為。

連絡なしに他人の家を訪れるのは迷惑だろう。
沒有聯繫就去拜訪別人的家是令人困擾的吧。

許可なしには、この建物で撮影することはできません。
未經許可，不得在本棟建築內攝影。

労働者の同意なしに、労働条件を一方的に変更することは許されません。
未經勞工同意，不得單方面變更勞動條件。

❷ **動詞（辭書形）＋こと＋なしに**

努力することなしに、夢を叶えることはできない。
不努力就不可能實現夢想。

◆ 進階跟讀挑戰

　アルバイトの学生が、許可もなしに店の商品をSNSに投稿してしまった。内容が悪意のないものであればまだしも、いたずらなどの迷惑行為であった場合には、それが大きな問題につながりかねない。会社としても、それを問題視せざるを得ないだろう。情報の扱いには十分な注意が必要だ。今の時代、誰でも簡単に情報を発信できるからこそ、投稿前に一度立ち止まって考える習慣を身につけるべきだと思う。

　打工的學生未經許可就將店內的產品發文至社交平台。如果是沒有惡意行為的內容就還好，要是惡作劇等迷惑行為的情況，那就可能導致嚴重的問題。從公司的立場來看，不得不視作問題來看待。對於資訊的處理需要萬分小心。當今的世代，正因為任何人都能輕鬆地發布資訊，我認為應該要養成在發文前稍微停下來思考的習慣。

88 〜など〜ものか／なんか〜ものか／なんて〜ものか

怎麼可能〜

◆ 文法解釋

表示強烈的否定，帶有說話者輕蔑、輕視的情緒。「〜なんか〜ものか」、「〜なんて〜ものか」是比較口語的用法。

◆ 常見句型

❶ 動詞（普通形）＋など＋動詞（辭書形）＋ものか

以「AなどBものか」的形式，「など」前面的A是指提示的事物，B是說話者覺得不值一提或輕蔑的心情的內容。表示像A這樣的，怎麼會〜的意思。

❷ 名詞＋など＋動詞（辭書形）＋ものか

名詞版本。

◆ 短句跟讀練習

❶ 動詞（普通形）＋など＋動詞（辭書形）＋ものか

彼が合格したなど、誰が信じるものか。
他合格了這種事，誰信啊？

あんなやつを許すなどできるものか。もう関わりたくない。
哪能原諒那樣的傢伙呀？已經不想再有任何瓜葛了。

❷ 名詞＋など＋動詞（辭書形）＋ものか

そんな現実を前にして、神様などいるものか。
面臨那樣的現實，哪可能有神明的存在啊。

私がどれだけ悔しいか、あなたなどにわかるものか。
我有多麼的後悔，你們哪能懂啊。

◆ 進階跟讀挑戰

「すぐに諦めるなんて、君らしくないよ」と友人に言われた。でも正直なところ、諦めたい気持ちが強かった。しかし、ここまで頑張ってきたのだ。夢を追いかけてきた自分を裏切るようなことなどするものか。失敗が怖いのは事実だが、挑戦しないまま終わるほうが、よっぽど後悔するに違いないと思った。

「竟然這麼快就放棄，還真不像你呀。」朋友這麼對我說。但老實說，當時想放棄的想法非常強烈。然而，已經努力到這個地步了。怎麼能做出像是背叛一直追逐著夢想的自己那種事啊？雖然害怕失敗是事實，但不去挑戰就直接結束，我覺得一定會更加後悔。

89 〜には〜が／ことは〜が／と言えば〜が

雖說〜但〜

🔷 文法解釋

表達消極肯定的句型。表示雖然承認進行了某個動作或某件事物的狀態，但結果令人不甚滿意或有不同見解。「が」也可以改成「けど」或「けれども」之類的同義詞。

🔷 常見句型

❶ 動詞（普通形）＋には／ことは／と言えば＋動詞（普通形／丁寧形）＋が

重複同一動詞，表示雖然做是做了某個動作，但不知道能否達到滿意的結果或結果並不理想。在表達已經發生的事情時，可以兩個動詞都使用「た」形，也可以只有第二個動詞使用「た」形。

❷ イ形容詞＋には／ことは／と言えば＋イ形容詞＋が

イ形容詞版本，同樣重複同一詞彙，表示雖然不否認這件事，但有其他不同見解，否定前項敘述的內容。

❸ ナ形容詞＋には／ことは／と言えば＋ナ形容詞だ＋が

ナ形容詞版本，但現在肯定形時，「ことは」前面接續為「ナ形容詞な」。

❹ 名詞＋と言えば＋名詞だ＋が

名詞版本。

◆ 短句跟讀練習

❶ 動詞（普通形）＋には／ことは／と言えば＋動詞（普通形／丁寧形）＋が

ノーベル文学賞をとった本を読むには読んだが、難しくて全然わからなかった。

得到諾貝爾文學獎的書讀是讀了，但太艱澀了完全看不懂。

❷ イ形容詞＋ことは／と言えば＋イ形容詞＋が

あのレストラン、美味しかったことは美味しかったが、食べ終わった後、なんだか虚しさを感じた。

那間餐廳好吃是好吃，但吃完後，總覺得感到了空虛感。

❸ ナ形容詞＋には／ことは／と言えば＋ナ形容詞だ＋が

あのワンピースはおしゃれなことはおしゃれだが着心地がよくない。

那件連衣裙時尚是時尚，但穿起來不太舒適。

❹ 名詞＋には／と言えば＋名詞だ＋が

彼女は美人と言えば美人だけど、女優としての魅力がもう少し欲しいなあ。

她漂亮是漂亮，但希望能再多一點作為女演員的魅力啊。

◆ 進階跟讀挑戰

節約生活は大事と言えば大事ですが、やりすぎると逆効果だと思います。少しぐらい贅沢をしたり、好きなことにお金を使ったりすることも、精神的な健康には必要です。節約ばかり気にして我慢しすぎると、ストレスがたまって、かえって無駄遣いをしてしまうこともあります。バランスを保つことが一番重要だと感じています。

　　說到節約生活，重要是重要，但我認為如果過度進行會有反效果。稍微奢侈享受一下，將錢花在喜歡的事情上，對於心理健康來說也都是有必要的。總是在意省錢，過度地忍耐的話，就會累積壓力，有時反而會亂花錢。我感覺維持平衡才是最重要的。

90 〜にあたって／にあたり／にあたっての

當〜的時候

◆ 文法解釋

用於表達特別的場合或重要階段的句型，是生硬的表現，一般多用於演講、致詞等正式場合。接續名詞時，會以「〜にあたっての」的形式，而「〜にあたり」更正式，為書面用語。

◆ 常見句型

❶ 動詞（辭書形）＋にあたって／にあたり／にあたっての

以「Aにあたって」的形式，表示當要進行活動A這件重要或特別事情的時候，所採取的行動或決心B。後項B通常接續為此所做的準備、應採取的行動、注意事項或感受等內容。

❷ 名詞＋にあたって／にあたり／にあたっての

名詞版本。

◆ 短句跟讀練習

❶ 動詞（辭書形）＋にあたって／にあたり／にあたっての

結婚するにあたり、両家の顔合わせの場を設けることになった。
在結婚之際，我們將安排雙方家長的見面場合。

契約を締結するにあたっては、各条項について弁護士と十分に検討する必要がある。

簽訂合約時，有必要針對各條款與律師進行充分的討論。

❷ 名詞＋にあたって／にあたり／にあたっての

本サービスのご利用にあたって、利用規約にご同意いただくことが必要です。

在使用本項服務之際，需要請您先同意使用規範。

ご購入にあたっての注意事項をよくお読みください。

請詳閱購買前的注意事項。

◆ 進階跟讀挑戰

　現在では、オンラインショップやSNSを活用した開業は広く普及し、誰もが挑戦できる時代となっている。その一方で、開業にあたっては「他とどう差別化するか」という視点が不可欠である。価格やデザインだけでなく、ストーリー性やブランドに込めた想いを伝える工夫が、今後はより一層求められるだろう。

　如今，善用網路商店與社群媒體的創業方式已經廣泛普及，是誰都能挑戰的時代。但另一方面，在創業之際，「如何與他人做出差異化」這樣的觀點是不可或缺的。不僅價格與設計，今後也將更加追求設法傳遞故事性和注入在品牌的理念。

随堂考⑨

1 請選擇最適合填入空格的文法

1. 優しい（____）優しい（____）、心の奥に壁を感じるようなこともある。
   1.には〜けど　2.は〜に　　3.も〜も　　4.けど〜ときは

2. 彼女は何も言わないが、不満を感じている（____）。
   1.と見える　　　　　　2.ようにする
   3.にすぎない　　　　　4.かどうか

3. 彼はこの分野の第一人者と言っても（____）。
   1.いいわけ　2.のようだ　3.にすぎない　4.過言ではない

4. 彼は単語（____）、アルファベットさえ読めない。
   1.どころか　2.すらも　3.について　4.のみでなく

5. 試験が明日に迫っていて、ドラマの最終話を見る（____）。
   1.ついでに　　　　　　2.どころではない
   3.はずがない　　　　　4.ことになる

6. 実際にやってみ（____）、その仕事の難しさはわからないよ。
   1.そうにない　2.ないこと　3.ないことには　4.たがるから

7. 何の相談も（____）決めるのは、あまりにも非常識だ。
   1.なし　　　2.に　　　3.なしに　　　4.なしを

8. ご契約（　　　）の注意事項を、よくお読みください。
　　1.にかけて　　2.にしては　　3.に反して　　4.にあたって

❷ 請選擇最適合填入空格的文法

地方創生に①（　　　）、次世代を担う若者②（　　　）の参加が欠かせない。都市と比べると、地方は不便であるうえに、娯楽も少なく感じられることが多い。しかし、自然の豊かさや人とのつながりは、都市生活では得がたい価値であると言っても③（　　　）。「地方ではキャリアが築けない」といった見方もあるが、それは必ずしも正しくない。新しい働き方や起業のチャンスも、地方には確かに存在する。一見すると魅力がないよう④（　　　）町でも、視点を変えれば新たな可能性が広がっていく。変化を起こすには、語るだけでなく、自ら動き出さ⑤（　　　）何も始まらない。

① 1.あたったは　　2.て　　3.あたっる　　4.あたっては

② 1.としても　　2.としては　　3.として　　4.としてに

③ 1.すぎない　　2.ない　　3.過言だ　　4.過言ではない

④ 1.に見える　　2.に見え　　3.に見る　　4.に見ない

⑤ 1.ないこととは　　2.ないことにが
　　3.ないことでは　　4.ないことには

91 〜に応じて
根據〜

◆ 文法解釋
表示根據前項的情況或變化，後項也會發生相應的變化或採取相應的行動。

◆ 常見句型

❶ 名詞＋に応じて
以「Aに応じてB」的形式，表示後項B的內容會根據前項名詞A的內容、狀況，進行相對應的調整或改變。

❷ 名詞＋に応じた＋名詞
用於修飾名詞時。

◆ 短句跟讀練習

❶ 名詞＋に応じて

お客様の予算に応じて、希望のリフォームプランをご提案いたします。
根據顧客的預算，我們將提供符合期望的裝修方案。

残高払いの場合、支払金額に応じて2％相当のポイントが付与される。
餘額支付時，根據支付金額將給予與相當於2％的點數。

❷ 名詞＋に応じた＋名詞

年齢に応じた飲食の管理が大切だ。
依照年齡的飲食管理很重要。

年度の業績に応じた決算賞与を支給する。
將根據年度業績發放決算獎金。

◆ 進階跟讀挑戰

　　子どもの発達に合わせた学びを実現するには、その年齢に合ったアプローチへの理解が欠かせない。たとえば、幼児期には遊びの中で学ぶことが重要であり、小学生には基礎知識とともに思考力を育てる授業が求められる。その時期に応じた関わり方を工夫することで、子どもが無理なく健やかに成長できるよう支えることができる。そうした日々の積み重ねが、やがて子どもたちの可能性を大きく広げていくのだ。

　　為了實現配合兒童發展階段的學習，對該年齡所適合的教學方式的理解是不可或缺的。例如，在幼兒期，透過遊戲中學習是非常重要的，而小學生既需要基礎知識也需要培養思考力的課程。透過配合各個階段的引導方式設法加以改進，以幫助孩子在不超負荷下，能健康地成長。那樣的每日積累，終將大大地拓展孩子們的可能性。

92 〜において／においても／における

在〜

◆ 文法解釋

表示動作發生或狀態存在的場所、時間、時代、狀況、領域、方面等，一般可以用「で」替換，但會比「で」感覺更鄭重，是書信用語。

◆ 常見句型

❶ 名詞＋において

接續表示場所、時間、或狀況的名詞，表示某件事情發生或某個狀態存在的場景。

❷ 名詞＋における＋名詞

用於修飾名詞。

◆ 短句跟讀練習

❶ 名詞＋において

貿易交渉（ぼうえきこうしょう）においては、互（たが）いの国益（こくえき）をどう調整（ちょうせい）するかが最大（さいだい）の焦点（しょうてん）となる。
在貿易談判中，如何協調雙方的國家利益是最主要的焦點。

スポーツにおいてフェアプレーの精神が非常に重要である。

在運動中，公平競技的精神是非常重要的。

台湾人の食生活において、朝食を外でとる習慣は一般的である。

在台灣人的飲食生活方面，早餐在外面吃的習慣很普遍。

❷ 名詞＋における＋名詞

台湾における労働環境や賃金の問題を背景に、労働問題に対する関心が高まっています

在台灣勞動環境和薪資問題的背景之下，對於勞動問題的關心日漸升高。

◆ 進階跟讀挑戰

　　グローバル企業におけるインターンシップ経験は、多様な文化的背景を持つ人々と協働するという貴重な機会となった。この経験を通じて、様々な考え方や価値観を知り、柔軟に対応する力を身につけることができた。また、国際的な視野が広がり、将来のキャリアに役立つ幅広い人脈を築くきっかけにもなった。

　　在跨國企業的實習經驗，成為了一個與擁有多元文化背景的人們一起工作的寶貴機會。通過這段經驗，我瞭解到各種不同的思維方式與價值觀，並培養出靈活應對的能力。另外，也成為拓展國際事業，並建立對未來職涯有助益的廣泛人脈的契機。

93 ～にかかわらず
無論～都～

◆ 文法解釋

接續兩個表示對立或含有差異的事物，不論前項的結果與狀態如何，後項的事物都不受其影響，都會成立。

◆ 常見句型

❶ 名詞＋にかかわらず

接續在天氣、學歷、國籍、性別、年齡、成績等含有差異或對立的名詞後，表示無論這些差異如何，後項事物都會成立。

以「AにかかわらずB」的形式，表示不論名詞A如何，後項B的內容都會成立。名詞A經常接續天氣、學歷、國籍、性別、年齡、成績等含有差異或對立的詞彙。

❷ 動詞（辭書形）＋動詞（否定形）＋にかかわらず

動詞版本，使用同一動詞，表示不被前項的結果或狀態影響，無論是哪一個，後項事物都會成立。另外，也可以使用「動詞（辭書形）＋か＋動詞（否定形）＋か＋にかかわらず」的形式。

◆ 短句跟讀練習

❶ 名詞＋にかかわらず

この乗車券は乗車回数にかかわらず、有効期間内に何回でも乗車できる。

這個乗車券，不論搭乘次數，只要有效期限內不管搭乘幾次都可以。

今回のコンペティションは年齢や国籍にかかわらず、どなたでも参加できます。

這次的競賽，不論年齡和國籍，誰都可以參加。

❷ 動詞（辭書形）+ 動詞（否定形）+ にかかわらず

両親が賛成するかしないかにかかわらず、彼は決めたことを最後までやり遂げるつもりらしい。

無論父母是否贊成，他似乎打算將決定了的事情貫徹到最後。

経験のあるなしにかかわらず、やる気がある方を歓迎します。

無論有無經驗，只要有幹勁的人都歡迎。

◆ 進階跟讀挑戰

病気は、貧富の差にかかわらず、誰にでも突然やってくる。しかし、治療には高額な費用がかかることもあり、経済的な理由で医療を受けられない人も少なくない。医療は、すべての人に対して公平に提供されるべき社会的な資源である。それにもかかわらず、開発途上国では、命に関わる問題であっても、十分な治療を受けられない人が多く存在している。医療の公平性を実現するためには、国際社会からの支援と協力が不可欠である。

　　疾病無關貧富差距，對任何人都是突然的到來。但是，有時治療的話要花費巨額的費用，因為經濟上的理由而無法接受治療的人也不在少數。醫療應該是公平地提供給所有人的社會性資源。儘管如此，在開發中國家，即便是與性命攸關的問題，也存在許多無法接受充分治療的人。為了實現醫療的公平性，來自國際社會的支援與共同協助是不可或缺的。

94 ～にしたがって
隨著～

◆ 文法解釋

表示隨著前項所敘述的某個動作或變化的進展，後項的狀態也發生變化。需要更文書的講法的話可以用「～にしたがい」，意思不變。

◆ 常見句型

❶ 動詞（辭書形）＋にしたがって

以「AにしたがってB」的形式，表示隨著動作A的進展，後項B的狀態也隨之發生變化。

❷ 名詞＋にしたがって

名詞版本。

◆ 短句跟讀練習

❶ 動詞（辭書形）＋にしたがって

時間（じかん）が経過（けいか）するにしたがって、参加者（さんかしゃ）の集中力（しゅうちゅうりょく）が落（お）ちていく。

隨著時間的推移，參加人員的注意力逐漸下降。

外国人観光客（がいこくじんかんこうきゃく）が増（ふ）えるにしたがって、多言語対応（たげんごたいおう）のセルフレジを導入（どうにゅう）する店舗（てんぽ）も増（ふ）えてきた。

隨著外國觀光客的增加，引進支援多國語言自助結帳機的店鋪也逐漸增加。

❷ 名詞＋にしたがって

世界平均気温の上昇にしたがって、北極の海氷も溶けて縮小し続けている。

隨著全球平均氣溫的上升，北極的海冰也正持續地融化並縮小。

食器洗浄機やロボット掃除機の普及にしたがって、家事が楽になった。

隨著洗碗機和掃地機器人的普及，家事變得輕鬆了。

◆ 進階跟讀挑戰

　　都市の発展にしたがい、自然は徐々に失われつつある。新しいビルや道路が増える一方で、森や畑といった緑地は次第に減少している。利便性を重視する現代社会において、自然との共存をいかに実現するかは、都市計画における継続的な課題となっている。

　　隨著都市的發展，大自然正在漸漸地消失。新建大樓與道路增加的同時，像是森林和農田之類的綠地卻正在逐漸地減少。在重視便利性的現代社會中，如何實現與自然的共存，已成為都市規劃中的長期課題。

95 〜にすれば
站在〜的立場來說〜

◆ 文法解釋

用於表示站在某人的角度上推測其想法的句型。基本上不能用於表示有關說話者本身的立場。

◆ 常見句型

- **名詞 + にすれば**
  接續在表示人的名詞後，表示從其立場來說的意思。

◆ 短句跟讀練習

- **名詞 + にすれば**

  彼女(かのじょ)にすれば高級(こうきゅう)ブランドのバッグも気軽(きがる)に買(か)えるものかもしれないが、私(わたし)には思(おも)い切(き)りが必要(ひつよう)なほどの大金(たいきん)だ。

  對她而言，或許連精品名牌包都能隨意地購買，但對我來說甚至是需要下定決心的巨款。

  経営側(けいえいがわ)にすれば、少(すこ)しでもコストを抑(おさ)えたいと思(おも)うのはおかしくない。

  站在營運方的立場來說，會想著希望儘可能地壓低成本也是很正常的事。

恋人がいない人にすれば、クリスマスやバレンタインデーはカップルのためのイベントのように思えてしまう。

對沒有戀人的人而言，聖誕節和情人節讓人感覺是專屬情侶的活動。

学生にすれば、休みは長ければ長いほどうれしいだろう。

對學生而言，假期越長越開心吧。

🔷 進階跟讀挑戰

彼女も気づいていないかもしれないが、その何気ない一言は、言われた相手にすれば、ひどく傷つくものだっただろう。悪気はなかったとしても、言葉は時に人の心を深く傷つけてしまうことがある。その一言をもし自分が言われたらどう感じるか、少し想像してみるだけでも、思いやりにつながるのではないだろうか。

　　她自己可能也沒有察覺，但那句不經意的話，對於被說的那一方來說，應該是非常令人受傷的吧。即使並無惡意，話語有時也可能深深地傷害一個人的心。只要試著想像一下，若是那句話是對自己說的話會有什麼感受，也許就能建立起同理心了，不是嗎？

96 ～にしては
就～來說～

◆ 文法解釋

表示實際結果與預期或一般認知的程度不同的評價。帶有說話者感到驚訝或意外的心情。

◆ 常見句型

❶ 動詞（普通形）＋にしては

以「AにしてはB」的形式，表示以A為基準，但後項接續的結果B與原本預期不同或超乎意料。

❷ 名詞／ナ形容詞＋にしては

名詞及ナ形容詞版本，現在肯定形時，「にしては」前不加「だ」，而是「名詞にしては」、「ナ形容詞にしては」。

◆ 短句跟讀練習

❶ 動詞（普通形）＋にしては

このマカロンは、小学生の娘が初めて作ったにしては、完成度が高い。
就小學生女兒第一次做來說，這個馬卡龍完成度很高。

十分に練習しなかったにしては、結構良い順位を取った。
就未充分練習而言，算是取得相當好的排名。

❷ 名詞／ナ形容詞＋にしては

新発売の鶏の唐揚げは、レトルト食品にしてはおいしいです。

新發售的唐揚雞，就微波食品來說，很好吃。

彼は新入社員にしては、すぐに戦力として活躍しました。

他就新進職員來說，很快就作為主力而表現活躍了。

✦ 進階跟讀挑戰

朝の通勤電車は、月曜日にしては珍しく空いていた。いつもなら混雑している時間なのに、今日はすんなりと席に座ることができた。車内は静かで、窓から差し込む朝の光がとても心地よい。ふと外に目を向けると、空は青く澄み渡り、爽やかな天気だった。こういう日は、不思議と気分も明るくなる。なんだか一日がうまくいきそうな気がする。

早上的通勤電車就禮拜一來說，難得地空蕩蕩。明明平常的話最擁擠的時間，今天卻能順利地就坐到位置。車廂裡很安靜，從窗外照射進來的晨光讓人感到舒服。不經意地望向窗外，就看見天空清澈蔚藍且清爽的天氣。像這樣的日子，莫名地心情也變得開朗起來。總有種今天會一切順利的感覺。

97 ～にしたって
無論～也～

◆ 文法解釋

意思同「にしても」，但用於口語表達。表示即使在某種情況下，也不影響後項的事情。經常會搭配「どんなに」、「いくら」等疑問詞一起使用。

◆ 常見句型

- 疑問詞＋動詞／イ形容詞／ナ形容詞／名詞（普通形）＋にしたって

  搭配疑問詞一起使用，表示無論怎樣的情形，說話者的心情或觀點也不會因此而有不同。

◆ 短句跟讀練習

- 疑問詞＋動詞／イ形容詞／ナ形容詞／名詞（普通形）＋にしたって

  だれにしたって、こんな事件にはかかわりたくない。
  無論是誰都不願意和這樣的案件有瓜葛。

  どんなに頑張ったにしたって、限界はある。
  無論多麼努力了都會有極限。

子どもに暴力を振るうなんて、どんな理由にしたって許されない。

對小孩子施加暴力這樣的事，無論有什麼理由都不可原諒。

何をやるにしたって、時間もお金もかかるものだ。

無論做什麼就是都要花時間和金錢。

◆ 進階跟讀挑戰

信頼していた友人が、私のいないところで悪口を言っていたらしい。直接言われたわけではないが、そういう話を耳にすると、やはり心が痛む。友達だとしても、陰で悪口を言われたら傷つくものだ。誰にしたって、こんなことをされたら怒るはずだ。人との関係は、ちょっとした言葉ひとつで壊れてしまうこともある。

　　我一直以來所信任的朋友，好像在我不在的時候，說了我的壞話。雖然不是直接被當面說的，但偶然間聽到那樣的傳聞，還是會心痛。即使是朋友，要是在背地裡被說壞話本就是會受傷。無論是誰，要是被這樣對待的話應該都會生氣吧。人與人之間的關係，有時，會因為稍微簡單地一句話就破裂了。

98 〜につき
每〜

◆ 文法解釋
表示比率，以某個基準為單位。

◆ 常見句型

- **名詞＋數量詞＋につき**

  接續數量詞，表示以該數字為單位所分配的部分量。

◆ 短句跟讀練習

- **名詞＋數量詞＋につき**

  バドミントンコートの使用料は1時間につき2500円です。
  羽球場的使用費每小時收取2500日圓。

  キャンペーン期間中は、1万円のお買い上げにつき、1000円引きとなります。
  活動期間每購買1萬日圓就減免1000日圓。

  入場には、一人につき1枚の入場チケットが必要です。
  入場的話，每人需要購買一張入場票。

オープニングセールの日本産イチゴは一人につき、1箱まで買うことができる。

開幕特賣的日本草莓，每人最多可購買一箱。

◆ 進階跟讀挑戰

この幼稚園では、子ども10人につき保育士1人が配置されており、一人ひとりに丁寧な対応が行える体制です。遊びや食事だけでなく、着替えや怪我などにもすぐ対応できるため、保護者も安心して預けられます。また、子供たちがのびのびと過ごせる環境づくりにも力を入れ、家庭と連携しながら保育が進められています。

在這間幼兒園，每10位幼兒便配有1位保育人員，是能夠實行細心照顧到每一位孩子的體制。不僅是遊戲和用餐，連換衣服或受傷等也能立即應對，因此家長也能夠放心地托育孩子。此外，園方也致力於營造能讓孩子們自由自在地度過的空間，並與家庭攜手合作的同時，推動保育工作。

99 〜にほかならない／ほかならぬ〜

無非是〜

◆ 文法解釋

　　斷定地表達除此之外沒有其他。用於強調說話者的判斷或想法。另外，斷定地表達事情發生的原因、理由不是別的，正是〜時，會使用「からにほかならない」。

◆ 常見句型

❶ 名詞＋にほかならない

　　強調說話者主觀認為的結論或理由，表示不是其他別的，正是〜的意思。

❷ ほかならない／ほかならぬ＋名詞

　　接續表示人、事物的名詞，表示特別重要的對象，不是其他，正是該特定對象。

◆ 短句跟讀練習

❶ 名詞＋にほかならない

今回(こんかい)のプロジェクトを成功裏(せいこうり)に終(お)えることができたのは、みんなの協力(きょうりょく)のたまものにほかならない。

本次的專案能夠圓滿成功的結束，正是大家共同努力的結果。

こんな重大なミスをしてしまった原因は、彼の慢心と気のゆるみにほかならない。
犯下如此重大失誤的原因正是由於他的驕傲自滿與輕忽。

教育とは、未来への最良の投資にほかならない。
所謂教育，正是對未來最好的投資。

❷ ほかならない／ほかならぬ＋名詞

ほかならぬ彼女のお願いなら、どんな無理でも何とかしよう。
既然是她的請求，無論怎樣的過份都會想辦法辦到的。

◆ 進階跟讀挑戰

　目の前の問題に気づいていながらも黙って通り過ぎることは、社会に対する責任を放棄することにほかならない。一人ひとりの「誰かがやるだろう」という考えが積み重なることで、重大な問題もいつの間にか見過ごされてしまう。小さな無関心の連鎖が、大きな悲劇を生むこともある。たとえ小さな行動でも、気づいた人から動き出せば、社会は少しずつ変わっていくはずだ。

　雖然察覺到眼前的問題但還是默默地走過，無疑是放棄對社會的責任。由於每個人的「應該會有人處理吧」這種想法層層堆積起來，重大的問題也會在不知不覺中被忽視掉。小小的漠不關心的連鎖，也可能會孕育出巨大的悲劇。即使是微不足道的行動，只要從發現問題的人開始行動的話，社會就應該會慢慢地逐漸改變。

100 〜にまでなる
甚至到了〜的地步

◆ 文法解釋

「にまで」是指到了某個程度的意思，加上表示變化的「なる」，表示某件事情的發展達到某種程度或狀態，通常帶有說話者驚訝的語感。除了「なる」，也可以與「成長する（成長）」、「変わる（變化）」等表示變化的動詞一起使用。

◆ 常見句型

- **名詞＋にまでなる**

  以「Aにまでなる」的形式，表示某件事情甚至發展到了A程度的地步。前項接續的事物通常帶有超出預期範圍的驚訝語氣。

◆ 短句跟讀練習

- **名詞＋にまでなる**

  彼の無意識の言動が裁判沙汰にまでなった。
  他的無心之舉竟然演變成了訴訟紛爭。

  立ち上げからわずか2年で、この新ブランドの市場占有率は台湾最大級の規模にまで成長した。
  從成立開始僅僅2年，這個新品牌的市佔率甚至成長到了台灣最大規模的等級。

あのヒーローの勇姿は詩歌にまでなって、トルバドゥールたちに歌い継がれた。

那位英雄的英勇身姿甚至成為詩歌，被吟遊詩人們不斷傳唱。

地元への深い愛着で知られる彼女は、ついに地元の広報大使にまでなった。

以對老家有著眷戀之情而聞名的她，最終竟當上了故鄉的宣傳大使。

◆ 進階跟讀挑戰

結婚生活において、価値観の違いは避けられない問題だ。お金の使い方をめぐって夫婦の間に溝ができ、離婚話にまでなったという話をよく耳にする。しかし、すべての違いを否定するのではなく、互いに理解しようとする努力こそが、結婚生活を支える柱になるのではないだろうか。ただ我慢するのではなく、対話を重ねることが重要だと考える。

　　在婚姻生活中，價值觀的差異是無法避免的問題。經常聽到針對金錢的使用方式，夫婦之間產生裂痕，甚至演變成離婚這樣的事情。然而，並不是要否定所有的差異，正是嘗試去理解彼此而做的努力，才是成為支撐婚姻生活的支柱不是嗎？我認為重要的並不是一昧地忍耐，而是持續不斷地溝通對話。

隨堂考⑩

1 請選擇最適合填入空格的文法

1. ご希望（＿＿＿）、コースを選ぶことができます。
   1.に応じて　　2.に反して　　3.において　　4.に関して

2. 誰（＿＿＿）、いきなり怒鳴られたら嫌な気分になるよ。
   1.にとっても　2.にすれば　　3.によらず　　4.にしたって

3. プレミアムセール期間中は、購入金額（＿＿＿）、海外配送も送料無料です。
   1.に沿って　　2.を通じて　　3.に反して　　4.にかかわらず

4. 時間が経つ（＿＿＿）、いつの間にか嫌な思いも忘れてしまいました。
   1.にしたがわない　　　　2.にしたがって
   3.に比べて　　　　　　　4.に反し

5. 雨が降る（＿＿＿）、傘を持っている人が少ないですね。
   1.にしては　　2.にしたがって　3.に対して　　4.にしても

6. 彼の発言は大きな批判を呼び、謝罪会見（＿＿＿）騒ぎになった。
   1.にしてもいい　　　　　2.にまでなる
   3.のようにする　　　　　4.にして

7. 明治時代（　　　）、日本は急速に近代化が進んだ。

　　1.において　　2.につれて　　3.のあいだの　　4.によらず

8. 親（　　　）、子どもの将来が一番心配なのは当然だ。

　　1.にあたって　　2.にすれば　　3.のわりに　　4.にして

❷ 請選擇最適合填入空格的文法

　　仕事を選ぶ際には、自分の適性①（　　　）決めることが重要です。キャリアを積むにつれて、選択の幅が広がるのは確かですが、理想と現実のバランスを取る力が求められているのです。経験を積む②（　　　）、働き方や価値観も変化していきます。特に、働き始めたばかりの若い世代③（　　　）、収入よりもやりがいを重視する傾向があるかもしれませんが、一方で、安定した生活を望む声も根強く存在します。また、雇用形態や年齢④（　　　）、誰もが自分らしい働き方を選べる社会の実現が求められています。そのためには、制度の整備だけでなく、社会全体の意識改革が不可欠であり、それはまさに、働き方改革の本質⑤（　　　）のです。

① 1.と　　　　2.して　　　　3.にして　　　　4.に応じて

② 1.にしたがって　2.に比べて　3.にあたって　4.にとっても

③ 1.にすれ　　2.にし　　3.にすれば　　4.すれば

④ 1.にすぎない　2.にかかり　3.にかかわり　4.にかかわらず

⑤ 1.もの　　　　　　　　2.にほかならない

　　3.にほ　　　　　　　　4.になる

101 ～にもかかわらず
儘管～卻～

◆ 文法解釋

表示事態結果與預想的狀況或條件相反的句型，強調說話者對後項結果感到驚訝、意外、不滿的心情。

◆ 常見句型

❶ 動詞（普通形）＋にもかかわらず

以「AにもかかわらずB」的形式，表示雖然是事態A那樣的情況，但卻發生與預想相反的結果B，表示儘管～卻～的意思。

❷ イ形容詞＋にもかかわらず

い形容詞版本，表示雖然是前項事態A的情況，但後項接續與預想相反的結果B。

❸ ナ形容詞＋にもかかわらず

ナ形容詞版本，現在肯定形時，接續不加「だ」，而是「ナ形容詞にもかかわらず」或是「ナ形容詞であるにもかかわらず」。

❹ 名詞＋にもかかわらず

名詞版本，現在肯定形時，接續不加「だ」，而是「名詞にもかかわらず」或是「名詞であるにもかかわらず」。

◆ 短句跟讀練習

❶ 動詞（普通形）＋にもかかわらず
塩分を控えているにもかかわらず、血圧が上がる。
儘管持續控制著鹽分，但血壓還是升高。

❷ イ形容詞＋にもかかわらず
反対意見が多かったにもかかわらず、法案は通った。
儘管有許多反對意見，法案還是通過了。

❸ ナ形容詞＋にもかかわらず
最近、眠る環境が適切であるにもかかわらず、なかなか寝つけず、朝も早く目が覚めてしまっている。
雖然最近睡眠環境適宜，但怎麼也睡不著，早上也早早地就醒來了。

❹ 名詞＋にもかかわらず
彼は勤務時間にもかかわらず、携帯で小説を読んでいる。
雖然是上班時間，但他一直用手機看小說。

◆ 進階跟讀挑戰

　　台北駅は混雑率が高いにもかかわらず、階段を利用する人は意外にも少なかった。さらに、エスカレーターでは、多くの人が片側を空けて立つことが当然であるかのような雰囲気が漂っていた。しかし、冷静に考えてみると、混雑した中で歩行することは非常に危険である。わずかな接触でも転倒につながるおそれがあるため、台北メトロでは、混雑時には立ち止まってエスカレーターを利用するよう利用者に呼びかけている。

　　儘管台北車站的擁擠率很高，但使用樓梯的人卻反而意外地少。甚至，瀰漫著在手扶梯上，許多人空出單側只站一邊的行為彷彿是理所當然般的氛圍。然而，若冷靜想想的話，在擁擠的情況下行走是非常危險的。即使是稍微的碰撞恐怕也會導致跌倒，因此台北捷運向使用者呼籲在人多擁擠時使用手扶梯請靜止站立。

102 ～に違いない
一定是～

◆ 文法解釋

表示說話者以某件事為根據，做出非常肯定的推斷，用於說話者確信自己的判斷時。經常用於書面。

◆ 常見句型

❶ 動詞（普通形）＋に違いない

以「Aに違いない」的形式，表示說話者根據某種證據或事實，深信所做出的推論A是確定無疑的，斷定的表示一定是～的意思。

❷ イ形容詞＋に違いない

い形容詞版本。

❸ ナ形容詞＋に違いない

ナ形容詞版本，現在肯定形時，接續不加「だ」，而是「ナ形容詞に違いない」或是「ナ形容詞であるに違いない」。

❹ 名詞＋に違いない

名詞版本，現在肯定形時，接續不加「だ」，而是「名詞に違いない」或是「名詞であるに違いない」。

◆ 短句跟讀練習

❶ 動詞（普通形）＋に違いない

何かを隠しているような話しぶりからすると、彼女もその秘密を知っているに違いない。

從那彷彿在隱瞞什麼的説話樣子來看，她一定也知道那個秘密。

❷ イ形容詞＋に違いない

今日のイベントで彼女はあんな高いヒールを履いて、あちこち走り回っていたから、靴擦れでかかとが痛いに違いない。

在今天的活動中，她穿著那麼高的高跟鞋到處來回走動，所以腳後跟肯定因為鞋子磨腳而疼痛。

❸ ナ形容詞＋に違いない

三世代が同居している家族だから、早田さんの家はにぎやかに違いない。

因為是三代同堂，早田先生家肯定很熱鬧。

❹ 名詞＋に違いない

彼が証拠隠滅を試みたことから見て、犯人はあの男に違いない。

從他試圖湮滅證據的行為來看，那個男人肯定是犯人。

◆ 進階跟讀挑戰

美味しい料理を大事な人と一緒に食べる時間は、心の距離を縮める力がある。食事は単なる栄養補給ではなく、互いの気持ちを通わせる大切な機会だ。楽しい会話とおいしい料理があれば、自然と笑顔が生まれる。きっと、誰とでも良好な関係を築けるに違いない。忙しい日々の中でも、時にはゆっくり食事を楽しむ時間を持ちたいものだ。

　　與重要的人一起品嚐美味料理的時光，具有能拉近心靈距離的力量。用餐並不只是單純地補充營養，更是彼此心意相通的重要時刻。只要有愉快的對話和美味的料理，自然就會露出笑容。肯定跟任何人一定都能建立良好的人際關係。即使在忙碌的每個日子裡，偶爾真想擁有好好地享受料理的時間呢。

103 ～に沿って／に沿った
沿著～

◆ 文法解釋

有兩種用法，可以表示依照某種基準、方針、流程或期待等做出行動，也可以用在沿著某個綿長延續的方向來進行的行動或狀態。

◆ 常見句型

- **名詞＋に沿って／に沿った**

    接續在「方針」、「期待」、「希望」、「順序」、「說明書」等帶有基準意思的名詞後，表示按照～來進行後項的事情。或接續河流、道路等長形的事物，表示與其平行，沿著～的意思。

◆ 短句跟讀練習

- **名詞＋に沿って／に沿った**

    患者さんの意向に沿った治療方針を立てるようにしています。
    一直以來致力於按照患者的意願制定治療方針。

    新商品の設計は顧客の好みやニーズに沿って行われます。
    新產品的設計是按照顧客的喜好與需求所進行。

会社の経営方針に沿って、海外の新規事業を展開しています。

我們正按照公司的經營方針展開海外的新事業。

海岸線に沿って進む列車から、真っ青な空と美しい太平洋の広がりを眺めることができます。

從沿著海岸線前進的列車，能夠眺望湛藍的天空和廣闊迷人的太平洋。

◆ 進階跟讀挑戰

引っ越しを機に、新しい棚を購入しました。部品が多くて少し不安でしたが、マニュアルに沿って作業を進めれば、誰でも簡単に組み立てることができます。実際、説明書には図や注意点が丁寧に書かれていたので、迷うことはありませんでした。完成した棚を見たときは、達成感があり、とても満足しました。

以搬家為契機，我購買了新的架子。雖然零件很多而有點擔心，但按照使用說明書來進行作業的話，任何人都能做到簡單地組裝。實際上，因為說明書中仔細的記載了圖示和注意事項，所以沒有令人感到困惑的地方。當我看到完成後的架子時，既有成就感，也覺得很滿意。

104 ～に加えて／に加え
除了～之外還～

◆ 文法解釋

表示在某件事物上再添加上類似的別的事物的意思。「～に加え」是書面用法。

◆ 常見句型

- **名詞＋に加えて／に加え**

    以「Aに加えてB」的形式，表示除了前項原有事物的A以外，還有其他相同性質的事物B。

◆ 短句跟讀練習

- **名詞＋に加えて／に加え**

    食事コントロールに加えて、定期的に運動するのも重要です。
    除了飲食控制，定期規律的做運動也很重要。

    彼は業務遂行力に加えて、感情知能の面でも優れた評価を受けている。
    除了業務執行能力，連在情緒商數方面也得到了優秀的評價。

この電子錠は指紋認証に加え、顔認証システムも搭載されている。

這個電子門鎖除了指紋認證，也搭載了人臉認證系統。

この料理教室では、入会金の5000円に加え、シーズンごとに3000円の授業料がかかります。

在這間料理教室，除了入會金5000日圓，每季度要花費3000日圓的課程費用。

◆ 進階跟讀挑戰

　毎日の生活の中で、読書の時間を大切にしている。スマートフォンやネットで情報を得るのも便利だが、本を読むことで得られる深い理解や想像力は特別だ。読書には知識を増やす効果があるに加えて、心を落ち着かせる力もあると感じている。忙しい日々の中でも、寝る前に10分でも読むようにしている。小さな習慣が、自分を少しずつ成長させてくれると思う。

　在每天的生活中，我很重視閱讀的時間。雖然透過智慧型手機或網路獲取資訊也很方便，但透過閱讀書本所得到的深度理解與想像力是不同於其他的。我覺得閱讀除了擁有增加知識的效果，還具有讓心情平靜下來的力量。即使是在忙碌的日子裡，就算只有10分鐘睡前我也會努力堅持閱讀。我想，這樣小習慣會慢慢地讓自己成長。

105 ～に過ぎない
只是～

◆ 文法解釋

表示只是～的意思，強調某件事物的程度未超過前項所描述的內容，帶有這不重要，沒有特別價值的語氣。

◆ 常見句型

① 動詞（普通形）+ に過ぎない

以「Aに過ぎない」的形式，表示只不過是前項A程度的事物。

② イ形容詞 + に過ぎない

い形容詞版本。

③ ナ形容詞 + に過ぎない

ナ形容詞版本，現在肯定形時，接續不加「だ」，而是「ナ形容詞に過ぎない」或是「ナ形容詞であるに過ぎない」。

④ 名詞 + に過ぎない

名詞版本，現在肯定形時，接續不加「だ」，而是「名詞に過ぎない」或是「名詞であるに過ぎない」。

◆ 短句跟讀練習

❶ 動詞（普通形）+ に過ぎない

心配しなくてもいい。これは形式的に手続きを踏んだに過ぎない。

不用擔心，這不過是形式上的履行手續而已。

❷ イ形容詞 + に過ぎない

彼があのタイミングで投資に成功したのは、運が良かったに過ぎないと言えるだろう。

他在那個時間點成功投資，可以說不過是運氣好而已吧。

❸ ナ形容詞 + に過ぎない

彼の発言は感情的であるに過ぎない。

他的發言不過是情緒化而已。

❹ 名詞 + に過ぎない

経済指標の悪化が続く中での上昇であるため、ドルの反発は一時的なものに過ぎない。

因為是在經濟指標持續惡化情況下的上漲，美元的反彈不過是短暫的現象而已。

◆ 進階跟讀挑戰

　運命とは、あらかじめ用意された舞台のように思える。けれど、その幕が上がるのは、たまたま風が吹いた瞬間かもしれない。人との出会いも、出来事も、意味深く見えるのは、私たちの心が意味を求めてやまないからだ。月の光が水面に映るように、偶然を運命と錯覚することもある。だがそれは、偶然に過ぎない。それでもなお、人は偶然に物語を託し、運命という名前で抱きしめる。

　命運，彷彿是一個早已準備好的舞台。然而，帷幕掀起的那一刻，也許只是因為一陣風恰巧吹過。與人的邂逅，還有所經歷的事件之所以看起來意義深遠，是因為我們的內心不斷渴望尋找意義。就像月光映照在水面上，我們有時會將偶然誤認為命運。但那終究只是偶然而已。儘管如此，人們依然將故事寄託於偶然，並以「命運」之名緊緊擁抱。

106 ～に基（もと）づいて／に基（もと）づき／に基（もと）づく／に基（もと）づいた

根據～

◆ 文法解釋

表示以某個基礎、基準或根據來進行某件事情。

◆ 常見句型

- **名詞＋に基（もと）づいて／に基（もと）づき／に基（もと）づく／に基（もと）づいた**

  以「Aに基（もと）づいてB」的形式，接續表示判斷基準的名詞，用以表達根據前項A的內容來進行後項的事情B。

◆ 短句跟讀練習

- **名詞＋に基（もと）づいて**

  このドラマは、事実に基づいて作られた作品だが、一部にはフィクションも含まれている。

  這部戲劇是依據事實製作的作品，但也包含一部分的虛構。

  労働基準法に基づいて、企業は祝日の出勤に対して2倍の残業代を支払うべきだ。

  根據勞動基準法，針對節日出勤，企業應支付2倍的加班費。

確かな証拠に基づき、彼を犯人と断定し、緊急逮捕した。

根據確鑿的證據，將他斷定為犯人進行緊急逮捕。

人間工学に基づいて設計された家具を使って、姿勢を改善する。

使用根據人體工學所設計的家具來改善姿勢。

◆ 進階跟讀挑戰

　人の感情や行動は、色によって大きく左右されることがある。これは印象論ではなく、デザイン心理学に基づいた研究によって明らかになっている。たとえば、青は冷静さを促し、赤は注意を引くとされる。こうした性質は、広告や施設設計などさまざまな分野で活用されている。色彩は単なる装飾ではなく、心理的な機能を持つ情報手段なのだ。

　人類的感情和行為，有可能會透過顏色而被大大地左右。這並不是印象論，而是透過基於設計心理學的研究而被證實的。例如，一般認為藍色會促進冷靜，紅色會引起注意。這樣的性質被廣泛運用在廣告和設施設計等各類型的領域。色彩並不單單只是裝飾，也是具備心理上的功能的資訊手段。

107 ～に決(き)まっている
一定是～

◆ 文法解釋

表示說話者充滿自信的判斷或主張，用於說話者十分確信，即使沒有特別理由也主觀地認為「肯定是～」時。

◆ 常見句型

❶ 動詞（普通形）+ に決(き)まっている

以「Aに決(き)まっている」的形式，表示某件事情的結果或狀態一定是前項A所推論的那樣。

❷ イ形容詞 + に決(き)まっている

い形容詞版本。

❸ ナ形容詞 + に決(き)まっている

ナ形容詞版本，現在肯定形時，接續不加「だ」而是「ナ形容詞に決(き)まっている」。

❹ 名詞 + に決(き)まっている

名詞版本，現在肯定形時，接續不加「だ」而是「名詞に決(き)まっている」。

◆ 短句跟讀練習

❶ 動詞（普通形）+ に決まっている

あんな上から目線の態度なら、嫌われるに決まっているよ。

那樣自以為是的態度的話，肯定會被討厭呀。

❷ イ形容詞 + に決まっている

長年の努力が認められて、ほめてもらえたら、嬉しいに決まっている。

多年來的努力被認可且被稱讚的話，當然很開心。

❸ ナ形容詞 + に決まっている

いきなり2か月間も休みをとるなんて、無理に決まっている。

突然就要休假兩個月，肯定是不可能啊。

❹ 名詞 + に決まっている

野球の実力で言えば、ランクアップするのは台湾に決まっている。

以棒球的實力來説，晉級的當然是台灣。

◆ 進階跟讀挑戰

衝動買いは浪費として否定的に語られがちだが、現代社会においては一種のストレス対処行動とも言える。疲労や不安が蓄積したとき、人は「可愛い」、「限定」などの言葉に弱くなる。理性では不必要だと分かっていても、手に取った瞬間の安心感がそれを上回ることがある。「買うに決まっている」という感情は、癒しを求める心の叫びなのかもしれない。

　　衝動購物常常作為一種浪費被負面的講述，但在現代社會中，也可說是一種壓力調適的行為。當積累了疲勞和不安時，人們對「可愛」、「限定」之類詞語會變得無法抗拒。即使理性上知道是不必要的，但拿起來那一瞬間的安心感有時可能會超越理性。「這當然要買啊」，也許是渴望療癒的內心吶喊的一種情緒。

108 〜に限り／に限る／に限って

A.唯獨〜／B.只限〜

◆ A. 唯獨〜

◇ 文法解釋

用於表示在一般情況下不會發生，卻偏偏在某個重要時候發生意料之外的事情，或某個特定的人或特定的情況下不會發生某種狀況。

◇ 常見句型

某個特定的人或特定的情況下不會發生某種狀況。

❶ 名詞＋に限って

某人或某件事偏偏在特定的情況下，發生與平時不同，出乎意料的事情。後項經常接續負面狀況的句子，帶有遺憾、無奈等負面情感。

❷ 名詞＋に限って＋ない

強調唯獨某人或某件事決不會發生後項的情況，後項接續否定形，帶有說話者的主觀信任。

◆ B. 只限～

◆ 文法解釋

用於表示限定,表示某個特定範圍內的對象才有的特別措施或待遇,常用於公告、通知不特定多數人的場合。

◆ 常見句型

表示某個特定範圍內的對象才有的特別措施或待遇。

❸ 名詞＋に限り／に限る／に限って

表示某個條件或某項特別優惠的適用範圍僅限於前項所描述的對象。

◆ 短句跟讀練習

❶ 名詞＋に限って

雨の日に限って、出勤の時にタクシーを呼んでも全然つかまらない。
偏偏下雨天,上班時就算叫計程車也完全攔不到。

約束がある時に限って、早く帰ろうとすると急な仕事が入る。
偏偏有約會的時候,正想要早點回去時就有緊急的工作進來。

彼は私が忙しいときに限って訪ねてくる。
他偏偏在我忙的時候來找我。

❷ 名詞＋に限って＋ない

うちの子に限って、クラスメイトをいじめるようなことをするはずがない。
唯獨我家孩子，不可能會做出像是欺負同學那樣的事。

この会社の製品に限って、耐久性が高く、そう簡単に壊れることはない。
唯獨這間公司的產品，耐久性能高，不會那麼輕易就壞掉。

あの先生に限ってこんなミスはありえない。
唯獨那位老師不可能犯這種錯誤。

❸ 名詞＋に限り／に限る／に限って

本日に限り、赤札商品を1つ買うと、もう1つ無料でもらえます。
今日限定，紅標商品買一送一。

3月生まれの方に限り、ご来店時にケーキをプレゼント。
限3月壽星，來店贈送蛋糕。

今回に限って特別に対応する。
僅限這次特別應對。

◆ 進階跟讀挑戰

普段は何も注意されないからといって気を緩めた途端、忘れた頃に限って上司がチェックに来ることがある。たとえば、机の上が散らかっていたり、提出物が遅れていたりする時に限って見られてしまい、まるで見計らっているかのように感じられることもある。本来は常に気を引き締めておくべきだと分かっていても、人間は油断しがちな生き物だ。こうした出来事は運が悪いというより、自分の普段の習慣や心構えに原因があるのかもしれない。

雖說平常都沒有被提醒，但偶爾剛一鬆懈，偏偏在忘了的時候，主管就來確認。比如，桌子上很凌亂、資料提交延遲的時候，偏偏就被看到，有時讓人不禁覺得就好像是挑準了時機一樣。即使知道原本就該時常繃緊神經做好準備，但人類就是容易疏忽大意的生物。像這樣的狀況與其說是運氣不好，或許不如說原因在於自己平常的習慣和面對事物的心理準備。

109 ～をめぐって／をめぐり／をめぐる

圍繞～

◆ 文法解釋

表達將某個事物或問題作為對象，並以其為中心進行的爭論、議論。只能用在產生對立意見或有爭論的事情時，是書面用語。修飾名詞時，會以「～をめぐっての名詞」或「～をめぐって名詞」的形式。

◆ 常見句型

- **名詞＋をめぐって**

以「AをめぐってB」的形式，A是爭論的主題，因此後項B一般使用「議論する（議論）」、「争う（爭執）」、「話し合う（會話）」等動詞，表示各種人圍繞著A展開的討論。

◆ 短句跟讀練習

- **名詞＋をめぐって**

二酸化炭素の削減問題をめぐって、世界中でさまざまな意見が交わされている。
圍繞著二氧化碳減少問題的討論，全世界正互相交換各種意見中。

遺産相続をめぐって、兄弟の間に争いが起こった。
圍繞著遺產繼承的問題，兄弟之間發生了爭執。

A国とB国は、領土問題をめぐって対立が続いている。
A國與B國之間針對領土問題持續的對立。

原発の再稼働をめぐり、市民団体と政府の間で意見が大きく分かれている。
關於核能重啟議題，市民團體與政府之間在意見上有很大的分歧。

◆ 進階跟讀挑戰

　プラスチックごみの削減をめぐって、企業や自治体、消費者の間でさまざまな取り組みが進められている。マイバッグの使用やストローの廃止といった地道な行動が、やがて大きな変化につながるだろう。ただし、利便性とのバランスも重要だ。環境への配慮と快適な暮らしを両立させるための新たな方法が、今求められている。

　　圍繞著塑膠垃圾減少的問題，企業和自治團體、消費者之間，正在推動各種措施。像是環保袋的使用和吸管的取消之類的穩健行動，將會帶來重大的變化吧。然而，與便利性取得平衡也很重要。為了兼顧到對環境的顧慮和舒適的生活，人們正在尋求新的方法。

110 〜わけではない
並非〜

◆ 文法解釋

用於否定從現況或前項表達的內容、狀況、一般常識中導出的必然結果。是部分否定或委婉地否定的表達方式。

◆ 常見句型

❶ 動詞（普通形）＋わけではない

以「A+わけではない」的形式，用於對一般認為是前項A的內容進行部分否定，表示並不完全是A的狀況。

❷ イ形容詞＋わけではない

イ形容詞版本。

❸ ナ形容詞／名詞＋わけではない

ナ形容詞與名詞版本，現在肯定形時，ナ形容詞接續為「ナ形容詞なわけではない」或「ナ形容詞であるわけではない」，名詞接續為「名詞のわけではない」或「名詞であるわけではない」

◆ 短句跟讀練習

❶ 動詞（普通形）＋わけではない

別に予定があるわけではないけれど、一人でビールをのんびり飲むほうが気楽で楽しいです。

並非有什麼特別的行程計畫，但一個人悠閒的喝啤酒比較輕鬆又開心。

❷ イ形容詞＋わけではない

ネットで広まっている情報が、すべて正しいわけではない。

傳播在網路上的資訊，並非全都是正確的。

❸ ナ形容詞＋わけではない

普段はあまりスイーツを食べないが、甘い物が特に嫌いなわけではない。たまに食べたくなることもある。

雖然平常不太吃甜點，但也並非特別討厭甜食。偶爾也是會有想吃的時候。

◆ 進階跟讀挑戰

怒っているように見えるかもしれないが、実は本当に怒っているわけではない。ただ集中していて、少し表情が険しくなっていただけだ。人はつい、相手の表情だけで感情を判断しがちだが、本当の気持ちは必ずしも表に出るとは限らない。誤解を防ぐためにも、お互いに丁寧な言葉をかけることができれば、もっと心地よく過ごせるのではないかと思う。

　　或許看起來像是在生氣，但其實並不是真的在生氣。只是專注集中，才顯得表情有些嚴肅而已。人們往往會不小心只根據對方的表情來判斷情緒，但真正的心情並不一定會表現在臉上。為了要避免誤會，如果彼此能稍微禮貌的言語交談，我想就能更愉快的度過吧。

随堂考⑪

① 請選擇最適合填入空格的文法

1. 電気がついていないから、彼はもう帰った（　　　）。
   1. のはずがない　　　　2. にちがいない
   3. ように　　　　　　　4. によると

2. この法律は、国際的な基準（　　　）制定されている。
   1. に基づいて　　2. にかけて　　3. に従う　　　4. に関して

3. 最近は暑さ（　　　）湿気もひどくて、体調を崩す人が多い。
   1. に際して　　2. によって　　3. に比べて　　4. に加えて

4. 親に内緒でそんな高いものを買ったら、怒られる（　　　）じゃないか。
   1. はずがない　　　　　2. に決まっている
   3. ものもない　　　　　4. にしても

5. 毎月の一日（　　　）、予約が可能です。
   1. に限り　　2. について　　3. って　　　4. 限る

6. マニュアル（　　　）、インストールを進めてください。
   1. に沿って　　2. に際して　　3. に応じて　　4. にしては

7. たとえ成功しても、結果はただの結果に（　　　）。その裏にある努力こそが本当の価値だ。

　　1.にすぎない　　2.にもとづき　　3.に限り　　　　4.にかかわらず

8. 大雨（　　　）、試合は予定通り行われた。

　　1.によって　　　　　　　　2.にしたがって
　　3.に応じて　　　　　　　　4.にもかかわらず

❷ 請選擇最適合填入空格的文法

最近はインターネットで簡単に健康情報が手に入るようになった。しかし、その中には科学的根拠①（　　　）いない情報も多く存在する。ダイエットやサプリメント②（　　　）、さまざまな意見が飛び交っている。ネットで人気があるからといって、それが正しい③（　　　）。正確な知識④（　　　）、冷静に判断する力も必要だ。個人の感想に過ぎない体験談に振り回されると、逆に体調を崩す⑤（　　　）。信頼できる情報源を選ぶことが、健康を守る第一歩だと言える。

① 1.に基づいて　2.に基づき　3.に基づく　4.基づく

② 1.をめぐ　　2.をめぐっては　3.では　　4.って

③ 1.で　　　　2.だ　　　　　3.わけ　　4.わけではない

④ 1.加えて　　2.に加えて　　3.を　　　4.の

⑤ 1.違い　　　2.違いない　　3.に違い　4.に違いない

隨堂考解答

隨堂考①

1. 請選擇最適合填入空格的文法
1. 4 あげく
2. 1 一向に
3. 4 かいがあって
4. 3 にも
5. 4 折りに
6. 1 が
7. 2 得ない
8. 2 か～ないかのうちに

2. 請選擇最適合填入空格的文法
① 1.あげくに
② 2.一向に
③ 2.そう
④ 4.かいがあって
⑤ 2.こそ

隨堂考②

1. 請選擇最適合填入空格的文法
1. 2 からいいようなものの
2. 1 からこそ
3. 2 から～にわたって
4. 4 かねない
5. 4 かけて
6. 1 かと言えば
7. 4 からといって
8. 3 引き受けかねます

2. 請選擇最適合填入空格的文法
① 1.と思ったら
② 4.からには
③ 3.からといって
④ 2.かねない
⑤ 4.だからこそ

隨堂考③

1. 請選擇最適合填入空格的文法
1. 2 限りなく
2. 1 げ
3. 4 限らない
4. 1 がい
5. 4 ことだろう
6. 3 きり
7. 1 ことから
8. 1 限り

2. 請選擇最適合填入空格的文法
① 2.限りでは
② 4.必ずしも～わけではない
③ 4.限りなく～に近い
④ 1.限り

284

⑤ 2.がい

隨堂考④

1. 請選擇最適合填入空格的文法
1. 1 ことにしている
2. 2 ことにはならない
3. 2 ままに
4. 1 次第(しだい)
5. 3 せずにはいられない
6. 1 登録済(とうろくず)み
7. 1 たいだけ
8. 2 こなす

2. 請選擇最適合填入空格的文法
① 4.ことにしている
② 3.ことにはならない
③ 2.こなせない
④ 2.たいだけ～たいだけ
⑤ 4.せざるを得(え)なかった

隨堂考⑤

1. 請選擇最適合填入空格的文法
1. 2 ままを
2. 3 いれたて
3. 3 ものだ
4. 2 だけ
5. 4 だけの
6. 1 だけのことだ
7. 1 末(すえ)に
8. 1 だけあって

2. 請選擇最適合填入空格的文法
① 1.たて
② 1.末(すえ)
③ 2.たものだ
④ 3.だけ
⑤ 4.だけのことだった

隨堂考⑥

1. 請選擇最適合填入空格的文法
1. 4 つつある
2. 2 だけのことはある
3. 2 っこない
4. 2 つつも
5. 1 っぽい
6. 1 つつ
7. 1 つもりで
8. 4 ついでに

2. 請選擇最適合填入空格的文法
① 2.つつ
② 1.っぽい
③ 3.つつも
④ 2.だけあって
⑤ 4.つつある

隨堂考⑦

1. 請選擇最適合填入空格的文法
1. 4 休(やす)んでばかりもいられない
2. 2 でしかない
3. 1 である

285

4. 3 書いても書いても
5. 1 やむを得ない
6. 2 でもしたら
7. 4 てしまいそうだ
8. 3 てでも

2. 請選擇最適合填入空格的文法
① 4.しまいそう
② 1.失ってでも
③ 4.でもしたら
④ 1.でしかない
⑤ 4.てばかりはいられない

隨堂考⑧

1. 請選擇最適合填入空格的文法
1. 1 というものではない
2. 1 といわず～といわず
3. 4 とかで
4. 1 という
5. 3 ところだった
6. 4 ところを見ると
7. 2 としか言いようがない
8. 3 というものだ

2. 請選擇最適合填入空格的文法
① 2.というよりも
② 1.といわず
③ 1.といわず
④ 4.というものだ
⑤ 3.としか言いようがない

隨堂考⑨

1. 請選擇最適合填入空格的文法
1. 1 には～けど
2. 1 と見える
3. 4 過言ではない
4. 1 どころか
5. 2 どころではない
6. 3 ないことには
7. 3 なしに
8. 4 にあたって

2. 請選擇最適合填入空格的文法
① 4.あたっては
② 3.として
③ 4.過言ではない
④ 1.に見える
⑤ 4.ないことには

隨堂考⑩

1. 請選擇最適合填入空格的文法
1. 1 に応じて
2. 4 にしたって
3. 4 にかかわらず
4. 2 にしたがって
5. 1 にしては
6. 2 にまでなる
7. 1 において
8. 2 にすれば

2. 請選擇最適合填入空格的文法

① 4.に応じて

② 1.にしたがって

③ 3.にすれば

④ 4.にかかわらず

⑤ 2.にほかならない

隨堂考⑪

1. 請選擇最適合填入空格的文法

1. 2 にちがいない
2. 1 に基づいて
3. 4 に加えて
4. 2 に決まっている
5. 1 に限り
6. 1 に沿って
7. 1 にすぎない
8. 4 にもかかわらず

2. 請選擇最適合填入空格的文法

① 1.に基づいて

② 2.をめぐっては

③ 4.わけではない

④ 2.に加えて

⑤ 4.に違いない

台灣廣廈國際出版集團

國家圖書館出版品預行編目（CIP）資料

跟讀學日檢文法N2：用Shadowing跟讀法,自然而然、快速掌握最高頻率N2文法試題!/Hasu著. -- 初版. -- 新北市：國際學村出版社, 2025.09
　　面；　公分
ISBN 978-986-454-441-7(平裝)
1.CST: 日語 2.CST: 語法 3.CST: 能力測驗

803.189　　　　　　　　　　　　　　　　　　　　　114009988

國際學村

跟讀學日檢文法N2

用SHADOWING跟讀法，自然而然、快速掌握最高頻率N2文法試題！

作　　　　者／HASU	編輯中心編輯長／伍峻宏
	編輯／尹紹仲
	封面設計／林珈仔・內頁排版／菩薩蠻數位文化有限公司
	製版・印刷・裝訂／東豪・弼聖・明和

行企研發中心總監／陳冠蒨
媒體公關組／陳柔彣
綜合業務組／何欣穎

發　行　人／江媛珍
法　律　顧　問／第一國際法律事務所 余淑杏律師・北辰著作權事務所 蕭雄淋律師
出　　　版／國際學村
發　　　行／台灣廣廈有聲圖書有限公司
　　　　　　地址：新北市235中和區中山路二段359巷7號2樓
　　　　　　電話：（886）2-2225-5777・傳真：（886）2-2225-8052
讀者服務信箱／cs@booknews.com.tw

代理印務・全球總經銷／知遠文化事業有限公司
　　　　　　地址：新北市222深坑區北深路三段155巷25號5樓
　　　　　　電話：（886）2-2664-8800・傳真：（886）2-2664-8801
郵　政　劃　撥／劃撥帳號：18836722
　　　　　　劃撥戶名：知遠文化事業有限公司（※單次購書金額未達1000元，請另付70元郵資。）

■出版日期：2025年09月　　ISBN：978-986-454-441-7
　　　　　　　　　　　　　　版權所有，未經同意不得重製、轉載、翻印。

Complete Copyright © 2025 by Taiwan Mansion Books Group.
All rights reserved.